Hans Gruhl

Der Feigling

KRIMI-ELITE

Vom gleichen Autor sind in dieser Reihe bisher erschienen:

Band 37 001 *Tödlicher Cocktail*
Band 37 004 *Nimm Platz und stirb!*
Band 37 008 *Die lange Spur*
Band 37 011 *Nichts sprach für Mord*
Band 37 015 *Das vierte Skalpell*
Band 37 019 *Mit Mördern spielt man nicht*
Band 37 022 *Die Boten des Todes*

Hans Gruhl

DER FEIGLING

Kriminalroman

BASTEI
LÜBBE

KRIMI-ELITE-TASCHENBUCH Nr. 37 027

Unser Titelfoto zeigt Paolo Giusti in dem Constantin-Film
»Die Unschuldigen mit den schmutzigen Händen«

Lizenzausgabe: Bastei-Verlag Gustav H. Lübbe,
Bergisch Gladbach
Printed in Western Germany 1976
Titelfoto: Constantin
Einbandgestaltung: Manfred Peters
Gesamtherstellung: Mohndruck Reinhard Mohn OHG, Gütersloh

ISBN 3-404-00520-1

Der Preis dieses Bandes versteht sich einschließlich der gesetzlichen Mehrwertsteuer

Barbara lernte den Feigling kennen am 2. Mai 1961, einem Dienstag. An diesem Tag ahnte sie nicht, was für ein Feigling er war.

Es geschah im Mitteltrakt des Universitätsgebäudes, auf dem linken Flur des Erdgeschosses. Barbara stand vor den Tafeln, auf denen die Vorlesungen des Semesters angekündigt waren, inmitten eines schiebenden und drängenden Haufens von Studenten. Es war voll von Schultern, Vorlesungsverzeichnissen, gezückten Bleistiften, Aktenmappen und gefurchten Stirnen. Es gab nichts Wichtigeres als die Vorlesungen, die man in diesem Semester belegen wollte.

Dennoch hatte Barbara plötzlich eine Witterung. Irgend jemand schielte bei aller Wißbegierde nach ihren Beinen. Er war in ihrer Nähe, ebenso eingekeilt und festgenagelt. Mit einem Blick aus den Augenwinkeln erfaßte sie einen runden Schädel, leicht wässerige Augen und dünnes Haar von äußerst nichtssagender Farbe. Für einen Studenten zu alt und für einen Professor zu jung. Sie wandte den Kopf wieder zur Tafel. Niemand würde ihr jemals gleichgültiger sein als dieser Mann.

Beharrlich drängte sie weiter nach vorn. Als sie nahe genug war, um die Schrift auf dem Zettel entziffern zu können, stellte sie fest, daß sie am falschen Buchstaben gelandet war.

Sie schnaubte leicht durch die Nase und drängelte zurück. Ihr Temperament half ihr dabei. Sie erreichte den hinteren Rand der akademischen Menschenmauer. Dann verlor sie ihr Vorlesungsverzeichnis.

Niemand hob es auf. Natürlich. Sie kam aus der Kniebeuge hoch und sah direkt in ein fröhliches Lächeln aus zwei feuchten Augen. Hochmut und Entschlossenheit der Vorfahren ballten sich in ihr zusammen. Sie riß ihre Tasche auf und wollte das Verzeichnis hineinfeuern. Es fiel zum zweitenmal hinunter.

»Newton«, sagte der Mann. »Gravitationsgesetz.«

Er bückte sich gleichzeitig mit ihr. Barbara stieß mit der Nase an seine Halbglatze, wie in einem Film von Dick und Doof. Es roch nach Haarwasser.

Barbara stand schon, als er sich aufrichtete. Es schien ihm Mühe zu machen.

»Vielen Dank«, stieß sie heraus. »Hat's weh getan?«

Der Feigling blieb stehen, mit bekümmertem Gesicht, die linke Hand auf dem Kopf. »Mädchen mit solchen Nasen sollten nicht zum Studium zugelassen werden«, murmelte er. Er hatte die Stimme eines geschlagenen Boxers. »Bei dem Platzmangel.«

Barbara hatte sich abwenden wollen, auf ewig. Jetzt war sie gezwungen, ihn zu vernichten. Ihre Nase! »Leute in Ihrem Alter sollte man nicht zulassen! Bei dem Platzmangel!«

»Ich bin nicht zugelassen«, sagte der Mann. »Ich bin Schwarzhörer. Ich bilde mich im Finstern.«

»Bißchen spät.« Barbara nahm allen Hohn in ihrer Stimme zusammen. »Außerdem ist es eine Schande!«

»Es ist gerecht. Elf Semester habe ich bezahlt. Andere Leute haben schwarzgehört für mein Geld. Ich räche mich an ihren Nachfolgern.«

»An mir also. Lastenausgleich, wie?«

»Ich möchte es eher als eine abgewandelte Art von Honnefer Modell bezeichnen«, sagte der Feigling höflich. »Darf ich fragen, was Sie studieren?«

»Zeitung.«

»Aha. Die Wissenschaft vom Schwindel.«

Barbara konnte nicht antworten. Ein Schwarm von Neuangekommenen stürzte durch den Flur. Sie wurden weggedrängt zur gegenüberliegenden Wand. Viele Füße traten auf den ihren herum.

Der Feigling ächzte. »Au! Niemals kommen Sie mehr bis zu den Tafeln! Nicht heute und nicht bis zu Pfingsten!« Er klappte sein Verzeichnis auf. »Hier – alles schon notiert. Die ganze Zeitungswissenschaft mit allen Randgebieten und Vorlesungsbeginn und Hörsaal. Wollen Sie's abschreiben?«

Barbara blickte in das Gewühl. Der Mut verließ sie. Sie nickte.

»Kommen Sie. Ich decke Sie mit meinem Körper!«

»Greis!« murmelte Barbara wütend. Lächerlicher Kerl, dieser Heini. Alt und ohne Einfälle. Man hätte Besseres erwarten können, wenn man schon hier herumstand und breitgequetscht wurde. Sie erreichten eine entfernte Fensternische.

Der Feigling blies die Luft hörbar von sich. »Grauenhaft. Wo man hintritt Studenten. Bald wird es Lokusfrauen mit Hochschulbildung geben.«

Er achtete nicht auf ihre Empörung und legte das Verzeichnis aufs Fensterbrett. »Hier – abschreiben müssen Sie doch noch können – von der Schule her.«

Sie warf ihm einen Lanzenstoß von Blick zu und schrieb ab. Der Feigling betrachtete sie von der Seite.

»Starren Sie mich nicht an!« sagte Barbara.

Er konnte sich nicht von ihrem Gesicht losreißen. Es war ein liebes Gesicht. Arroganz, Teenagergetue, gespielte Gleichgültigkeit, alles war nur äußerlich.

Barbara trug ein weißes Leinenkleid, Symbol der Unschuld gewissermaßen, aber es saß sehr knapp. Der ausgewachsene Engel war dicht darunter. Sehr guter Ernährungszustand, keines von den ätherischen Wesen, wie sie hier dutzendweise herumschwebten und leidend aussahen. Durchaus höhere Tochter mit Kakao ans Bett und regelmäßigen Mahlzeiten. Eine Figur, von der man wünschte, sie stände einem beim Tennisspielen gegenüber. Über dem Kleid saß eine Jacke aus blauem Wildleder. Die Tasche war der übliche, unhandliche Kegel mit Falten außen und Unordnung im Innern.

Das Mädchen schmierte kühne, flüchtige Buchstaben.

»Das ist gut«, sagte der Mann neben ihr. »Übungen zur Theaterkritik. Lohnt sich. Während der Geschichte der Zeitungskunde kann man dann ausschlafen.«

»Ich gehe nicht in die Vorlesungen, um zu schlafen«, sagte sie über die Unterlippe weg.

»Spätestens im zweiten Semester fangen Sie damit an. Übrigens wäre es gut, wenn Sie üben, im Stehen zu schlafen. Stehen müssen Sie bestimmt.«

»Ich werde auch niemals stehen.« Sie schlug ihr Heft zu. »Vielen Dank, Herr . . .«

»Hase«, sagte er traurig. »Sie werden es nicht für möglich halten. Hase.«

Auch das noch, dachte Barbara. Es war Zeit, Schluß zu machen. »Vielen Dank, Herr Hase.« Sie nickte kurz und ging weg. Er versuchte nicht, ihr zu folgen. Sie spürte nur seinen Blick hinter sich und auf ihren Beinen.

Acht Tage später, am 9. Mai, sah Barbara den Feigling zum zweitenmal.

Der Hörsaal war übervoll. Kein Gedanke, einen Platz zu kriegen. Mehr Stehplätze als Sitze. Die Fensterbretter quollen über, und das Podium drohte zusammenzubrechen.

Barbara sah ratlos um sich. Kein bekanntes Gesicht, niemand riß sich darum, ihr einen Platz anzubieten. Blöde Bande. Dann erhob sich zwischen dem Meer von Köpfen eine Hand. Jemand winkte zu ihr herüber.

Barbara sah einen runden Schädel und die Wasseraugen unter dem schwachen Haarbestand. Der Mensch von damals, dieser Greis. Jetzt entdeckte sie, daß neben ihm ein Platz frei war. Schmal, aber ein Platz.

Barbara rang mit sich. Zwei Stunden neben dem blöden Kerl sitzen. Scheußlich. Diese dummen Sprüche. Na ja. Besser als zwei Stunden stehen, neben anderen blöden Kerlen. Und dann diese Schuhe. Italienische. Absätze wie Stricknadeln. Schon jetzt brannten ihr die Sohlen.

Sie drängte sich schon durch die Sitzreihen, bevor sie wußte, was für einen Entschluß sie fassen würde. Aufatmend ließ sie sich nieder. Der Feigling sagte nichts.

Nach einer Weile raffte Barbara sich auf. »Vielen Dank, Herr Hase.«

»Das muß ich schon mal gehört haben.« Er murmelte wie immer, als fürchtete er, es könnte ihn jemand auslachen wegen seiner Worte. »Ich dachte mir, daß Sie in der kurzen Zeit noch nicht gelernt haben, im Stehen zu schlafen.«

Barbara richtete ihre Nase zur Decke. »Ich sagte Ihnen ja, daß ich niemals stehe!«

»Donnerwetter«, antwortete er. »Sie haben recht.«

Von der Tür her erhob sich Getrommel und Trampeln. Der Professor quälte sich durch seine Jünger. Er erreichte das Pult, und der Lärm legte sich.

Die Augen des Mannes überflogen die dichte Menge.

Er lächelte verschmitzt. »Meine Damen und Herren – es freut mich, daß Sie der Theater- und Filmkritik eine solche Bedeutung beimessen. Früher konnte man den Wert einer Vorlesung ungefähr nach der Zahl der Schwarzhörer abschätzen. Darf ich fragen, wieviel Schwarzhörer sich zur Zeit im Saal befinden?«

Das Gelächter verstummte allmählich. Köpfe reckten sich, Blicke wanderten herum. Keine Hand hob sich.

Barbara drehte den Kopf langsam. Sie war gespannt, was er tun würde. Er war sowieso verdächtig. Sie hatte noch keinen entdecken können, der älter aussah.

Der Feigling meldete sich nicht. Er wurde kleiner, immer kleiner. Sein Kopf rutschte tiefer, fast bis zur Bank hinunter. Er suchte Deckung hinter seinem Vordermann.

Barbara empfand ein Gefühl der Enttäuschung. Sie wußte nicht, weshalb. Er hatte es nicht nötig, sich zu melden. Irgendwie wäre ihr lieber gewesen, er hätte es getan.

Die Stimme des Professors drang zu ihr. »Niemand? Nicht gerade die beste Reklame für mich. Aber da wir ohnehin zuwenig Raum haben, ist es vielleicht besser so. Und nun zu unserem Thema.« Er sprach weiter. Barbara sah, wie der Feigling wieder hoch kam, ganz langsam.

Die Zeit verging schneller, als sie erwartet hatte. Das Thema war interessant. Der Feigling verhielt sich ruhig. Nur einmal schob er ein Blatt Papier vorsichtig zu ihr hinüber. Oben stand ein Datum. 2. Mai 1961. Darunter hatte er versucht, zwei gebückte Gestalten zu malen, einen Mann und eine Frau. Der Mann hatte eine überdimensionale Glatze und die Frau eine gewaltige Stupsnase, die sie in seinen Hirnschädel bohrte. Barbara zog die Brauen hoch und schob das Blatt zurück. Der Feigling starrte bekümmert auf sein Kunstwerk.

Gegen Ende der Vorlesung wurde Barbara entsetzlich müde. Ein paarmal merkte sie, wie ihr Kopf vornüberfiel. Beim letztenmal entging es ihr. Erst das Getrampel weckte sie auf. Jemand hatte sie am Arm gefaßt. Die Augen des Feiglings waren voller Teilnahme.

»Ich hab' aufgepaßt, daß Sie nicht mit der Stirn auf die Tischplatte bumsen. Das hätte man gehört. Aber Sie können es schon ganz gut für ein erstes Semester. Einwandfreie Haltung.«

Barbara war wütend. Sie suchte nach einer schnippischen Antwort, während sie sich hinausdrängelte, aber dann fiel ihr ein, daß es nett gewesen war, ihr den Platz freizuhalten, und daß sie ihn vielleicht ungerecht behandelte. Sie wandte sich um, als sie die Tür vor sich hatten.

»Nochmals, vielen . . .«

». . . Dank, Herr Hase. Darf ich fragen, wie Sie heißen?«

»Thomann.«

»Thomann. Ich hab' schon gedacht, Sie wären adlig. Hm. Und – Vorname?«

»Barbara. Bärbel.«

»Hm, hm, hm.« Er murmelte wieder und starrte zu Boden, als dächte er an etwas. »Äh – ja. Die Schutzheilige der Artillerie. Hm. Fräulein Barbara – wenn ich vielleicht so sagen darf –, interessieren Sie sich für den Fernen Osten?«

Eine Falte erschien über ihrer Nase.

»Ferner Osten? Wie kommen Sie darauf?«

»Es ist jetzt eins«, sagte er. »Der Hungerwurm dehnt sich mir achtzehn Ellen durch die Gedärme. Ich weiß ein chinesisches Lokal mit einem äußerst fernöstlichen Wirt und gewaltigen Gerichten. Kein Mensch weiß, was er ißt. Wollen Sie mitkommen?«

Sie hatte das Nein auf der Zunge. Aber gleichzeitig kam die Empfindung, die sie kannte. Wenn ein Jüngling aus der Tanzstunde sie zu einem Spaziergang eingeladen hatte oder ein Bekannter ihres Vaters zu einer Autofahrt, dieses komische: »Warum eigentlich nicht?«

»Ich bezahle aber meins«, sagte sie.

»Das will ich hoffen«, antwortete er sofort.

Barbara ging mit.

Der Feigling hatte einen ungewaschenen, schwarzen Mercedes. Barbara war nicht überrascht und nicht erstaunt. In seinem Alter konnte man das erwarten.

Sie fuhren langsam durch den Straßenlärm, an Ampeln und Ecken vorbei. Für ihre Begriffe fuhr er viel zu zaghaft und zu langsam.

Das Lokal lag in einer Einbahnstraße, man konnte sogar parken. Hase ging vor ihr durch die Tür. Sie sah eine Mischung von chinesischer Taverne und bayerischer Bierschwemme.

»Willkommen in China«, sagte er. »Nehmen Sie Platz, Fräulein Thomann. Der Wirt heißt Wu. Schlicht Wu. Und hier ist die Karte. Verstehen Sie was von chinesischem Essen?«

»Bißchen.«

»Hm. Sie können natürlich Haifischflossen mit Löwenbräu zu sich nehmen. Aber wenn Sie meinem weisen Rat folgen wollen, lassen Sie mich was aussuchen.«

Herr Wu kam und lächelte. »Guten Tag, Herr Doktor.«

»Tag, Herr Wu. Unser lieber Wirt vom Gelben Strom – Fräulein Thomann.«

Der Wirt verneigte sich und lächelte.

Es kamen zwei Reisschnäpse mit einem betäubenden, fremdartigen Geschmack nach Heu und ewiger Trockenheit. Barbaras Appetit wuchs. Es kam ein Krebssalat, wie sie ihn noch niemals gegessen hatte. Dann war eine Pause. Barbara fragte etwas.

»Herr Hase – warum haben Sie sich nicht gemeldet, als er nach den Schwarzhörern fragte?«

Der Feigling schien leicht verlegen. »Ach, wissen Sie – es ist mir peinlich. Der Laden ist so voll, daß kein Bleistift hinunterfallen kann, ohne hängenzubleiben. Die ganze Uni ist überfüllt. Viel zuwenig Platz für den Haufen. Der Alte hätte vielleicht noch Verständnis für Schwarzhörer, aber die lieben Kommilitonen . . .«

»Was machen Sie eigentlich?«

»Ich – ich bin Schriftsteller. Aber – fragen Sie mich nicht nach meinen Werken. Alles nur Kleinigkeiten, Illustrierte und so. Aber man verdient wenigstens was. Von zwanzig Bänden ungedruckter Lyrik könnte ich nicht leben und nicht hier essen.«

»Sind Sie Doktor?«

»Hab' eine Arbeit über Kriminalromane zusammengeschmiert. Und jetzt gehe ich ab und zu noch in Vorlesungen, die mich interessieren. Wie die Theaterkritik. Oder irgendwas über Literatur. Und dann freue ich mich wieder auf die Semesterferien.«

Der Wirt brachte das Hauptgericht. Filetstreifen, Bambussprossen, irgendwelche Schlingpflanzen dazwischen, wunderbar, alles in einer scharfen Soße. Dazu Reis, feste Körner in lokkeren Haufen, die zwischen den Zähnen knackten und auf der Zunge zerflossen.

»Ich will Stäbchen!«

»Herr Wu – Stäbchen!«

Barbara aß mit Hingabe. Die Stäbchen waren widerspenstig. Im Anfang rutschte alles über den Tellerrand. Ein Reiskorn mit Soße traf den Feigling an der Stirn.

»Oh – Verzeihung! Mein Gott, ich ruiniere den ganzen Tisch!«

»Macht gar nichts.« Er wischte sich den Reis vom Kopf.

Barbara kaute und blickte zu Herrn Wu hinüber. »Komischer Mann. Ob die uns eines Tages überrennen?«

»Kann sein«, antwortete er. »Würde es Ihnen was ausmachen, gelbe Kinder zu kriegen?«

»Weiße wären mir lieber, wenn ich's aussuchen könnte.«

»Verstehe. Manchmal wird man nicht gefragt.«

»Haben Sie Kinder?«

Er schüttelte den Kopf. »Ich glaube nicht. Außerdem bin ich unverheiratet.«

»Wie alt sind Sie?«

»Vierzig. Sie?«

»Neunzehn.«

»Lieber Himmel. Sie könnten meine Tochter sein, wenn ich – äh – aber . . .«

»Was aber?«

»Nichts Besonderes.«

»Ich will es wissen.«

»Sie – wären dann nicht so hübsch. Bestimmt nicht.«

»Quatsch. Ich bin nicht hübsch!«

»Überlassen Sie die Entscheidung Leuten, die was davon verstehen.«

Barbara schaffte den Rest ihres Essens mit Mühe. Sie schob den Teller von sich.

»Bißchen Nachtisch gefällig? Hier gibt es Bananen in Honig.«

»Sind Sie irrsinnig? Ich platze!«

»Nicht platzen. Mein Anzug. Geht noch ein Schnaps rein?«

»Der geht rein.«

Sie tranken noch eine Schale von dem herrlichen Zeug. Barbara nahm sich eine Zigarette. »Sie rauchen nicht?«

»Nein. Deswegen bin ich auch so alt geworden.«

Als sie sich von Herrn Wu verabschiedet hatten und zum Wagen gingen, merkte Barbara, daß er alles bezahlt hatte.

»Sie! Sofort sagen Sie mir, wieviel die Hälfte ausmacht!«

Er lächelte tieftreuàig. »Um Gottes willen! Auch noch rechnen nach dem Essen.«

Sie hielt ihn am Arm fest. Ihre Augen funkelten. »Sie haben versprochen, daß ich meines bezahlen darf! Sofort sagen Sie mir . . .«

»Ja, ja, ja«, murmelte er. »Bedenken Sie, daß ich zu Ihren Lasten schwarzhöre. Außerdem – Sie bezahlen das nächste Mal alles zusammen – wie wäre das?«

Unwillig machte sie sich los. »Pah, uralter Trick.«

»Haben Sie Mitleid, Bärbel. Denken Sie an mein Alter.«

Mit vorgeschobener Lippe nahm sie Platz. »Schließen Sie die Augen«, sagte er. »Verdauen Sie und denken Sie dabei an das Essen in der Mensa. An die zahlreichen Gerichte, die freundliche Bedienung, die aufgelockerten Tischreihen, die gute Luft und die heiteren Kommilitonen ringsherum. Und dann verzeihen Sie mir.«

Sie lachte laut heraus. »Mensa! Ha! Hilfe! Ich verzeihe Ihnen!«

Der Feigling lächelte. »Kann ich Sie nach Hause fahren? Oder wollen Sie wieder in die Mühle zurück?«

»Nein. Für heute ist mein Bedarf gedeckt. Außerdem hat mein Vater gesagt, ich darf das erste Semester verbummeln.«

»Nur das erste?«

»Na ja – weil Sommer ist . . .«

»Was glauben Sie, was im Winter hier los ist«, sagte er. »Mit dem Oktoberfest fängt es an, und mit dem Fasching hört es auf. Und zwischendurch fällt Schnee. Saumäßig schwer, da was zu tun. Wo wohnen Sie?«

Sie nannte ihm eine vornehme Gegend.

»Au. Was zahlen Sie da für Ihre Kemenate?«

»Hundertsiebzig.«

»Junge, Junge, und da wollen Sie noch beim Chinesen bezahlen.« Sie hielten wenig später vor Barbaras Haus. Es war eine nette Villa mit Garten und Rasen und freundlichen Gardinen. In einem der Fenster erschien ein Kopf und verschwand wieder.

»Angenehme Mittagsruhe, gnädiges Fräulein«, sagte der Feigling. »Träumen Sie von Reisschnaps und gelben Kindern.«

»Auf Wiedersehen, Herr Hase. Es war fein.«

»Freut mich«, sagte er. Er blickte auf das Pflaster, als traute er sich nicht, wie immer. »Bärbel – hätten Sie Zeit und Lust – sozusagen zeitliche Lust, am Sonntag mit in eine Gegend zu fahren – in irgendeine – der Staub hier ist so ungesund, und dann die vielen Abgase und so . . .«

Sie schüttelte ihre Haarkugel. »Tut mir leid, Häslein. Besetzt. Jedenfalls höchstwahrscheinlich.«

»So.«

Er tat ihr leid, so unglücklich sah er aus. Er strich über sein Haar.

»Hm, aber – vielleicht bleibt ein kleiner Rest von Unwahrscheinlichkeit – ein ganz winziger, sozusagen – ich fahre am Sonntag um zehn einmal um diese Burg hier und stoße ins Autohorn – manchmal zerschlägt sich alles, wissen Sie – und dann kommen Sie mit, wie?«

»Es wird nichts werden, Herr Hase. Aber – auf das Oktoberfest gehen wir bestimmt mal. Ja?«

»Oktoberfest.« Er murmelte wieder mit gesenktem Blick. »Schön. Aber das liegt noch immer in weiter Ferne. Sonntag wäre näher . . .«

Sie gab ihm die Hand. Viel war nicht los mit seinem Händedruck.

»Wiedersehen. Ich muß rein. In der Vorlesung sehen wir uns bestimmt.«

Sie lief die Stufen zum Eingang hoch mit federnden Schritten wie ein Kind. Hase sah hinter ihren Beinen her. Schräg von unten, sehr vorteilhaft. Die Tür fiel zu. Er setzte sich hinter das Steuer und fuhr ab.

Oktoberfest.

Er dachte daran, daß er vielleicht kein Oktoberfest mehr erleben würde, und war traurig.

Barbara warf die Tür hinter sich zu. Ihre Tasche flog auf das Bett, die Jacke hinterher. Als sie vor dem Spiegel stand, klopfte es.

Jens.

Jens war ihr Freund, oder er wollte es werden. Vierundzwanzig. Musikstudent, Schweizer. Wohnte zum gleichen Preis in diesem Haus. Sie kannte ihn seit einem Monat.

Er schloß die Tür, blieb stehen.

Sie kämmte sich. »Na?«

»Grüß Gott«, sagte er langsam und alemannisch. »Schönes Auto, mit dem du angekommen bist.«

»Hat's dir gefallen?«

»Ja. Nur der Mann nicht, neben dem du gesessen hast.«

»Von selbst fährt kein Auto.«

»Seit wann schwärmst du für Greise?«

»Ich schwärme nicht. Er hat mich hergefahren, das ist alles.«

»Wirklich? So hat es nicht ausgesehen.«

Sie drehte sich kurz um. »Hast du gerade frische Luft gebraucht?«

»Wie alt ist er denn?«

»Vierzig.«

»Oh! Vierzig! Da muß man schon mit Schlaganfällen rechnen.«

»Kann sein. Dafür nicht mehr mit Bettnässen.«

Langsam begann ihn die eidgenössische Ruhe zu verlassen. »Meinst du, daß der Umgang mit alten Herren deiner Entwicklung förderlich ist?«

Ihr Haar knisterte unter dem Kamm. »Mehr als beim Umgang mit jungen Idioten wird auch nicht passieren.«

»Barbara . . .«

»Ach, laß mich in Ruhe! Und red nicht so geschwollen, das kann ich nicht leiden! Umgang mit älteren Herren! Entwicklung förderlich! Wenn ich das schon höre!«

Er hob die Stimme. »Wenn ich vierzig wäre, hätte ich Besseres zu tun, als mich mit einer Neunzehnjährigen abzugeben!«

Barbara knallte den Kamm auf die Frisiertoilette und fuhr herum. »Besten Dank für das Kompliment, lieber Jens! Sehr schmeichelhaft. Wenn du vierzig wärst, wäre ich also zu schlecht für dich. Aber weil du so herrlich jung bist, tust du mir die Ehre an! Vielen Dank!«

Er war erschrocken. Er ging auf sie zu. »Bärbel, ich . . .«

»Laß mich! Ich will jetzt schlafen!«

»Es tut mir leid, Bärbel! Ich wollte dich nicht beleidigen . . .«

Es war nichts zu machen.

»Geh!«

Er ging zögernd zur Tür, faßte die Klinke an. Die Übung für solche Situationen fehlte ihm noch. »Wie ist es am Sonntag?« fragte er. »Kommst du mit?«

»Nein. Für die Woche hab' ich genug von dir.«

Sie hatte sich umgedreht, sah ihn nicht mehr an. Er nahm ihre Worte für bare Münze. Der Zorn stieg in ihm hoch. Er knallte die Tür hinter sich zu.

Der Feigling traute seinen Augen nicht. An der Straßenecke vor dem Grundstück stand Barbara. Sie trug flache Schuhe – sein Blick ging wie immer von unten nach oben –, einen Faltenrock und einen dünnen, blaßlila Pullover, der über die Taille herunterhing. Die Jacke hielt sie unter dem Arm. Die Kegeltasche baumelte um ihre Knie herum.

»Man sollte es nicht für possibel estimieren«, sagte Hase und hielt vor ihr. »Steigen Sie rasch ein, bevor Sie sich's anders überlegen.«

»Morgen.« Sie warf sich auf den Sitz, Tasche und Jacke flogen nach hinten. »Los, fahren Sie schon!«

Gehorsam fuhr der Feigling. Barbara begann in hastigen Zügen zu rauchen. Er sprach erst, als sie aus der Stadt heraus waren.

»Ärger gehabt?«

»Wie kommen Sie darauf?«

»Sie haben die Amtsmiene auf. Lippen vor. Abstand Kinn zu Nase stark verringert. Augen dunkler als gewöhnlich. Nasenfalte.«

»Sie Detektiv.«

»War der Herr böse?«

Barbara vergaß, an der Zigarette zu ziehen. Er sah geradeaus auf die Straße.

»Woher wissen Sie das?«

»Ich weiß nichts. Denken Sie bitte an meine schöne Arbeit über Kriminalromane. Cum laude. Kaum zu glauben. Ich sah einen Herrn aus dem Fenster gucken, neulich, als wir ankamen. Ich nahm an, er interessiert sich für Sie und macht Theater.«

»Wieso?«

»In dem Alter macht man immer Theater. Oder man tut unterkühlt. Beides paßt zur Nietenhose. Was hat er denn gesagt?«

»Sie wären zu alt für mich.«

»Er hat völlig recht.«

»Wenn er vierzig wäre, würde er sich nicht mehr mit einer Neunzehnjährigen abgeben.«

Er lächelte in die Windschutzscheibe. »Das wiederum würde ich für Schwindel halten. Kann er noch gar nicht wissen. Ich kenne 'ne Menge Vierziger – ja. Ich gebe mich auch mit Ihnen ab. Aus Leibeskräften.«

»Und früher?«

»Mit älteren Damen. So dreißig.«

»Warum?«

»Sind nachsichtiger mit Nesthäkchen.«

Falte und Unterlippe verschwanden.

Der Feigling blickte herüber. »Wo haben Sie das niedliche Kleidchen? Was ist das für ein trister Pullover? Sie sehen aus wie Lady Chatterley.«

»Und Sie halten sich für den Lover, was? Ich will es bequem haben, wenn ich schon in diesem Auto sitze. Glauben Sie, ich will den ganzen Tag den Strick von Gürtel um den Bauch haben? Rock und Pullover sind viel schöner.«

Ihre Lippe kam wieder vor. »Dieser scheußliche Mai! Ich wünschte, es wäre Winter. Da kann man ganz dicke Pullover tragen! Herrlich!«

»Ich kann die Heizung anmachen und ›Leise rieselt der Schnee‹ singen«, sagte er. »Es wird früh genug Winter werden.«

Plötzlich strahlte Barbara.

»Und vorher kommt das Oktoberfest, ja!«

Der Feigling nickte, aber er lachte nicht.

Sie fuhren den ganzen Tag, bis zur Dämmerung. In einem Seerestaurant aßen sie und fuhren weiter. Sie hatten wenig gesprochen, aber die Zeit wurde ihnen nicht lang.

Es war halb sechs, als der Wagen wieder vor der Villa stand.

Der Feigling zog die Handbremse an. »Ende der Reise. Meine Dame, ich beglückwünsche Sie. Sie stehen unbeschädigt vom Todessitz auf.«

Barbara tat so, als schnallte sie unsichtbare Sicherheitsgurte ab.

»Ich staune selber. Sie fahren miserabel, Häslein.«

»Ich hab' auch keinen Führerschein.«

»Dafür geht's. Was tun Sie jetzt?«

»Ich wühle den heißen Kopf in die Kissen und weine mich in den Schlaf. Hungrig natürlich.«

»Natürlich. Warten Sie noch damit. Oben habe ich etwas Kognak.«

»Madame, Sie sprechen mit einem Kraftfahrer! Außerdem wird mir der junge Herr den Schädel spalten bis aufs Kreuzbein.«

»Haben Sie Angst?«

»Selbstverständlich.«

»Der junge Herr ist nicht da.«

»Ach so. Was ist es für ein Kognak?«

»Ach, irgendeiner. Habe ich meinem Vater geklaut. Der führt keine schlechten Marken.«

Der Feigling stieg stöhnend aus dem Auto. »Würde mich auch hart treffen.«

In Barbaras Zimmer herrschte gigantische Unordnung. Der Feigling sah sich um. Sein Gesicht drückte Entsetzen aus.

»Gefällt es Ihnen?«

»Sehr. Ich würde sagen, es sieht so aus, als wären die großen, roten Wanderameisen – die sogenannten Myrmidonen – vor einigen Sekunden quer durch den Raum gezogen.«

»Ach, seien Sie nicht so pedantisch.« Sie nahm einen Unterrock von einem Stuhl weg und schleuderte ihn in die Ecke. »Da können Sie sich hinsetzen.«

»Kaum zu glauben«, murmelte er. »Werden Sie die Flasche finden zwischen all den Gegenständen?«

Barbara steckte ihm die Zunge heraus. Sie fand die Flasche und Gläser. Der Feigling trank vorsichtig. Er wollte sprechen, unterließ es aber.

»Na, los! Trauen Sie sich wieder mal nicht?«

»Eigentlich nicht. Äh – Fräulein Barbara – ich wollte sagen . . . es war prima mit Ihnen heute . . .«

»So.«

»Ja. Es war – äh – sehr nett, daß Sie mitgekommen sind . . . wirklich – ja.«

»Wirklich – ja.«

»Sie verhöhnen mich noch zu meinem ganzen Unglück. Es ist keine Achtung vor dem Alter mehr da.«

»Weiter.«

»Ja – weiter.« Er trank sein Glas aus. Barbara füllte nach. »Hm – wenn es mir gelingen sollte, mir ein Herz zu fassen . . .«

»Hähä«, machte Barbara.

»Schweigen Sie, Schlange! Ja, wenn mir das in der Tat gelingen sollte, dann würde ich – dann möchte ich fragen, ob ich du zu dir – ich meine, zu Ihnen sagen könnte, Fräulein Thomann . . .«

Barbara blickte enorm überrascht. »Das finde ich aber . . .«

»Es ist nicht wegen des Kusses«, sagte der Feigling hastig, »es ist eigentlich mehr wegen des Kognaks und weil das Sie so komisch – das sagt man zu jedem, weißt du . . . Sie . . .«

Sie hängten die Arme durcheinander. Aus Barbaras Glas floß Kognak auf seine Hose. Er küßte sie nicht gerade unverschämt, aber doch sehr lange.

»Ich möchte Sie . . . ich möchte dich auch mal zu mir einladen, Bärbel . . . ich . . . ich mache auch Unordnung, damit du dich wie zu Hause fühlst . . .«

Sie lachte und küßte ihn nochmals.

»Mittwoch?«

»Mittwoch?« Sie machte Stirnfalten. »Mittwoch. Ja, das wäre zu machen.«

»Ich – äh – ich hätte auch Sonnabend sagen können . . . aber Mittwoch ist eher, wissen . . . weißt du . . .«

»Mittwoch ist eher.«

Die Flasche wurde leer. »Ich fahre wieder mal mit Alkohol im Blut nach Hause«, sagte der Feigling. »Aber unter eins Komma fünf fahren wir sowieso nie.« An der Tür drehte er sich um.

»Übrigens – was ich sagen wollte . . . ich wollte dich eigentlich schon heute vormittag küssen . . . an diesem Waldstück, da, wo wir gehalten haben . . . ich hab' mich nicht getraut . . .«

»Feiglinge mag ich nicht«, sagte Barbara.

Der Türöffner schnarrte. Barbara fuhr mit dem Fahrstuhl zum fünften Stock. Die Tür war schon offen. Barbara fiel ein, daß sie am Sonntag vergessen hatte, ihn nach seinem Vornamen zu fragen. Sie las das Schild unter dem Klingelknopf.

Dr. Jakob Hase.

Jakob. Es kam aber auch alles zusammen.

Er stand hinter der Tür mit zwei Gläsern in der Hand. »Früher trug man die Angebetete über die Schwelle«, sagte er. »Aber heute . . .«

»Aber heute ist man zu gebrechlich.«

»Ja. Ein Bandscheibenschaden ist was Scheußliches. Deswegen erlaube ich mir, dir statt Manneskraft einen Whisky anzubieten. Prost, Stupsnase.«

Barbara trank aus.

»Vielleicht darf ich dir gleich einen Überblick über die Räumlichkeiten geben. Diese erste Tür zur Linken ist die Klause, stillberühmt im ganzen Hause, und so weiter, Wilhelm Busch. Die nächste ist die Küche, klein, aber bezahlt. Dann hier hinten ... das einzige Zimmer des Hauses ... daneben noch das Schlafkabuff ... mehr ist leider ... ach, ja, der Balkon ...«

»Jeu«, rief Barbara. »Eine Ordnung! Sagenhaft!«

Sie ließ sich in den einzigen Ledersessel fallen. Der Feigling schenkte neuen Whisky ein.

»Vielleicht sollten wir ...«

Es klingelte hell und bohrend. Jetzt erst sah Barbara das Telefon auf dem Schreibtisch.

»Telefon! Fein! Man kann dich rausklingeln, mitten in der Nacht!«

»Jemand fängt schon damit an.«

Er nahm den Hörer ab. Barbara sah, wie er plötzlich aufhörte, sich zu bewegen, nur zwei Sekunden, aber er stand ganz reglos. Dann griff er mit der Hand hinter sich, tastete nach dem Sessel, setzte sich langsam.

Er hörte die Stimme des Mannes, den er nicht kannte. »Johann Jakob Josef Jeremias«, sagte der Mann leise. »Bist du da?«

»Ja, Meisterchen«, antwortete Jakob.

»Fein, fein. Sehr fein, Jakob ... ich glaube, der Willy ist krank. Drei Tage schon ... ich fürchte ... ich fürchte, du wirst mal hingehen müssen.«

»Ja, Meisterchen«, sagte Jakob.

»Ich fürchte es. Du hast doch seinen Schlüssel.«

»Ja.«

»Dann geh gleich. Und ruf mich hinterher an. Ja. Das wär's dann.«

Der Feigling wartete.

»Ach – Jakob ... wer ist da bei dir?«

Der Feigling atmete tief. »Ein Mädchen.«

»Hm. Schön. Paß auf, Jakob. Ich meine ... bei Willy.«

»Ja.«

Barbara sah ihn den Hörer zurücklegen. Wieder blieb er einen Augenblick starr sitzen. Dann drehte er sich langsam mit dem Stuhl herum. Er lächelte, aber es war nicht echt.

»Ich muß mal schnell weg, Bärbel«, sagte er.

Enttäuschung und Ärger breiteten sich über Barbaras Gesicht wie Schatten. Der Feigling sah es und bekam Furcht. Sie würde weggehen und vielleicht nicht wiederkommen.

»Es ist zum Kotzen«, sagte er hastig. »Ich hoffe, daß du diesen Ausdruck noch nicht gehört hast. Mein Verleger. Der, der so dusselig ist, meine Meisterwerke zu drucken und auch noch zu bezahlen. Alle Jubeljahre kommt er mal vorbei, und dann muß alles spritzen und Verbeugungen machen. Sitzt auf dem Bahnhof und fährt in einer halben Stunde weiter. Sonst – sonst hätte ich ihm gesagt, er soll hierherkommen. Ich könnte mich vor Wut in den . . .«

»Jakob!«

Er sah tieftraurig aus.

»Bärbel – es dauert nicht lange. Er hat irgendwas für mich. Ich möchte es nicht sausen lassen und ihn verärgern. Schlechte Schriftsteller gibt es haufenweise. Ich rase hin, lausche seinen Worten mit Ergebenheit, rase wieder zurück. Zu dir. Ich grinse ihn voller Hochachtung an und wünsche ihn innerlich in das unterste Geschoß der Hölle. Und dann lasse ich mir Vorschuß geben und schenke dir eine Goldmünze, so groß wie ein Tablett, und eine Jahreskarte für den Chinesen mit doppelter Schnapsration und . . .«

Barbara lächelte wieder. »Hau schon ab. Aber nicht zu lange, ja?«

Er beugte sich herunter und küßte ihre Nase. »Der Zug wird seinetwegen nicht warten. Du bist ein Engel, liebes Fräulein. Die Whiskyflasche steht zu deiner Verfügung. Alles steht zu deiner Verfügung. Im Kühlschrank ist Eis und Bier und Wodka, Wurst und Würstchen, Fleischsalat . . .«

»Hör auf!«

»Ach, hier . . .« er drehte sich zum Bücherschrank, riß ihn auf. »Einer von Hases unsterblichen, zu Herzen gehenden Spannungsromanen.« Er hielt ihr ein Taschenbuch mit glänzendem Einband hin. »Jonathan Hare. Tote Männer stehn nicht gern. Du schläfst entweder überhaupt nicht oder sofort.«

»Ha! Jonathan!«

»Das Lachen wird dir noch vergehen.« Er zog seine Jacke an. Aus der Schublade des Schreibtisches nahm er zwei kleine Sicherheitsschlüssel, die an einem Ring hingen, und steckte sie ein. Dann griff er nach seinem Glas. »Sehr zum geneigten Wohle! Wenn es klingelt, mach nicht auf, und wenn es telefoniert, geh nicht dran.«

»Warum nicht?«

Er antwortete ohne zu zögern, aber er sagte nicht die Wahrheit.

»Warum nicht? Damit noch mehr Idioten kommen und mich von dir losreißen, wie? Einer genügt.«

Er trank aus, ging zur Tür. Dort drehte er sich um und betrachtete das Mädchen im Stuhl.

»Woran denkst du?«

»An mein Vaterland«, sagte er.

»Vaterland?«

»Hm. Für deine Beine könnte ich es verraten.«

»Warte noch damit. Und nun verschwinde. Ich will lesen.«

Er nickte und ging hinaus. Das Licht verlosch auf dem Korridor, und die Tür fiel ins Schloß.

Der Feigling fuhr mit Standlicht. Es war ganz dunkel geworden, und die Straßen waren ruhig. Er fuhr etwas schneller als fünfzig, aber nicht so schnell, daß es aufgefallen wäre. Von der Richtung Innenstadt und Hauptbahnhof war er abgewichen, schon nach kurzer Zeit. Willy wohnte ziemlich weit außerhalb, in einem Vorort im Südwesten.

Willy war krank.

Jeder von ihnen hatte von einem anderen einen Schlüssel. Jeder sollte auf einen anderen aufpassen und konnte nach ihm sehen, wenn etwas nicht stimmte. Der Mann des Feiglings war Willy.

Etwas stimmte nicht.

Willy war noch nie ausgefallen. Er lebte allein in einer billigen Wohnung, war nicht verheiratet. Niemand war verheiratet, der zu ihrem Kreis gehörte.

Willy kam aus der Tschechei, war ein halber Sudetendeutscher. Wichtiger Mann. Kein Wunder, wenn sie ihn als ersten erwischt hätten.

Der Feigling bog ab auf eine Umgehungsstraße. Er gab noch etwas mehr Gas. In weiten, regelmäßigen Abständen huschten die Lichter über den Wagen. Das Armaturenbrett blendete in der Dunkelheit. Er schaltete auf die schwächere Stufe.

Verfluchter Mist. Ausgerechnet heute abend. Zu Hause saß Barbara und wartete. Und irgendwo saß das Meisterchen und wartete auch. Auf seinen Anruf und auf das, was mit Willy passiert war.

Mehr Häuser kamen wieder in Sicht. Die Straße wurde schlechter. Der Wagen schüttelte, und der Feigling fuhr langsamer. Er überlegte, wo er den Wagen stehenlassen konnte, ohne daß er zu sehr auffiel. In dieser Gegend hingen die Leute nachts noch aus den Fenstern und paßten auf, wer aus welchem Lokal kam. Er mußte das letzte Stück bis zu Willys Wohnung zu Fuß gehen. Davor zu parken war unmöglich. Ziemlich sicher, daß die Brüder aufpaßten, wer nach Willy sah. Aber sie kannten ihn selbst nicht.

Ein Hotelrestaurant war noch erleuchtet. Davor standen ein paar Wagen, keine großen, aber wenigstens Autos. Der Feigling ließ den Wagen langsam in eine Lücke rollen. Er schaltete die Lichter aus. Junge Leute, die ein Moped schoben, kamen vorbei und redeten laut durcheinander. Sonst war niemand zu sehen.

Der Feigling klappte den Deckel des Handschuhkastens herunter. Er griff hinein und tastete nach links in den leeren Raum, der für das Radio gedacht war. Oben klebte ein breiter Streifen Leukoplast. Er hielt eine kleine Pistole, eine Lignose Einhand, keine gewaltige Waffe, sechsfünfunddreißig. Schoß elend ungenau. Er hatte die große nicht mitnehmen können, weil Barbara im Wohnzimmer gesessen hatte, und an die im Keller hatte er nicht gedacht. Er löste das Leukoplast, sah sich noch einmal um und schob die Pistole in die linke innere Brusttasche. Kaum zu spüren, so leicht war sie. Er schloß den Handschuhkasten und stieg aus.

Langsam ging er vom Wagen weg, auf das Restaurant zu. Ein Glaskasten mit der Speisekarte war erleuchtet. Er studierte sie eingehend. Dann wandte er sich ab, ging langsam die Straße hinunter. Nichts erregte seinen Verdacht während der zehn Minuten zu Willys Haus.

Vor der Tür blieb er stehen, wartete kurz und drückte auf die Klingel. Er griff in die Tasche, fühlte nach den beiden kleinen Schlüsseln. Als er zum zweitenmal läutete, zog er langsam die Hand heraus, tat so, als drückte er gegen den Türknopf, und schloß mit schneller Bewegung auf.

Vielleicht hatte es so ausgesehen, als wäre die Tür durch den elektrischen Öffner aufgegangen. Vielleicht auch nicht.

Er drückte die Tür hinter sich zu. Es war vollständig dunkel und still. Er tastete an der Wand herum. Das Treppenlicht warf einen gelblichen Schein herunter.

Langsam ging er den Gang vor bis zur Treppe. Die Stufen waren aus Kunststein, er stieg mit leisen, gleichmäßigen Schritten nach oben.

Willy wohnte im zweiten Stock in der rechten Wohnung. Der Feigling überlegte, ob ihn jemand auf dem Weg zum Haus erkannt haben könnte. Nicht wahrscheinlich. Ebenso war nicht anzunehmen, daß oben jemand war – außer Willy. Vielleicht war die Wohnung leer, sie konnten Willy auch woanders erwischt haben. Aber er dachte an die Warnung des Meisters. Aufpassen konnte nicht schaden.

Im ersten Stock blieb er stehen und sah sich die Namensschilder an den Türen an. Er hatte sich jetzt an die Stufen gewöhnt. Als die Lampe über ihm erlosch, ging er leise auf Zehenspitzen weiter. Er nahm die Lignose heraus. Es knackte kaum hörbar, als er den vorderen Bügel zurückzog.

Dann erreichte er die Tür. Ohne jedes Geräusch tastete er nach dem Schloß, schob den Schlüssel hinein. Bis jetzt hatten sie ihn kaum hören können. Aber das Schloß schnappte leise, es war nicht anders zu machen.

Der Feigling stieß die Tür auf. Es war kein Licht dahinter. Sie knarrte nicht.

Er wartete neben der Tür hinter der Mauer. Es war schon passiert, daß eine Sprengladung hochgegangen war beim Öffnen einer Tür. Alles war schon passiert.

Nichts geschah. Der Feigling ging auf die Knie hinunter und kroch in den Korridor von Willys Wohnung. Er blieb dicht an der Wand. Als er weit genug war, drückte er die Tür zu. Wieder schnappte das Schloß. Das war alles. Er legte sich flach auf den Boden. Er kannte Willys Wohnung genau. Rechts war die Küche, geradeaus das Wohnzimmer. Links das Schlafzimmer mit einem kleinen Bad dahinter. Bescheiden, nicht zu teuer. Die Zentrale mußte sparen, sie bezahlte alle Wohnungen, auch seine, in der Barbara jetzt saß.

Es dauerte lange, bis sich seine Augen an die Dunkelheit gewöhnt hatten. Dann sah er einen Schimmer, ein paar Meter weg, ein fahles, unendlich mattes Rechteck von Licht. Es war der Glaseinsatz in der Tür zum Wohnzimmer. Der Lichtschein fiel von der Straße her durch das Fenster. Willy hatte die Vorhänge nicht zugezogen. Unangenehm.

Der Feigling kroch weiter, hielt mit der rechten Hand den Revolver und robbte auf beiden Ellenbogen. Der Läufer war aus rauhen Kokosfasern. Auch billig.

Nach kurzer Zeit stieß er an das Holzgestell des Garderobenständers. Er fühlte den Stoff eines Trenchcoats. Willys Mantel. Weiter hing nichts da. Er schob sich an dem Ständer vorbei.

Dann wartete er und holte mit vorsichtiger Bewegung eine kleine Lampe aus der hinteren Hosentasche.

Es war unklug, zuerst im Wohnzimmer nachzusehen, wenn dort die Fenster nicht abgedunkelt waren. Das Schlafzimmer ging auf den Hof hinaus. Es konnte auch einer im Hof stehen und warten, aber vielleicht hatte Willy dort alles zugezogen.

Er kroch nach links um die Ecke des Ganges. Seine Hände stießen an das Holz der Tür. Er richtete sich halb auf, drückte die metallene Klinke nach unten. Die Tür schwang zurück mit der gleichen Lautlosigkeit wie die vorige.

Kein Lichtschimmer. Alles war pechschwarz. Die Luft roch

schwer und dumpf. Wahrscheinlich waren die Fenster geschlossen. Drei Tage schon.

Der Feigling blieb regungslos. Er hielt den Atem an. Mit aller Anspannung lauschte er. Er hörte keine Atemzüge.

Er ließ sich wieder zu Boden, kroch schnell und ohne besondere Vorsicht ins Zimmer. Er hob den Revolver und hielt die Taschenlampe weit nach links von sich. Es war soweit.

Der Lichtkegel flirrte durch das Zimmer. Der Feigling wartete auf die Stimme. Auf Mündungsfeuer oder das hohle Plopp eines Schalldämpfers. Es war der alte Trick, in einem dunklen Zimmer auf jemanden zu warten, sie kannten ihn alle.

Er hörte nichts. Er knipste die Lampe aus, kroch schnell weiter nach rechts. Es konnte noch kommen. Anfänger waren sie nicht. Der Feigling wartete zwei Minuten, ohne sich zu bewegen. Noch eine. Er richtete sich auf und schlich zurück zur Tür, ohne jeden Laut. Er schloß die Tür so leise er konnte. Neben dem Türpfosten kauerte er sich zusammen. Er hielt den Revolver im Anschlag und drehte mit der linken Hand den Schalter. Mit dem ersten Blick sah er, wer im Zimmer war.

Die Vorhänge waren zugezogen. Neben seinem Bett links an der Wand lag Willy auf dem Rücken. Er war im Schlafanzug. Ein rötlicher Stoff, von dem sich die Blutflecken auf der Brust kaum abhoben. Sie mußten ihn am Morgen oder am Abend erschossen haben, als er noch nicht angezogen war und aufstehen wollte oder schlafen gehen.

Barbara las.

Ab und zu nahm sie einen Schluck Whisky. Sie hatte ihr Glas schon zweimal nachgefüllt und sich neues Eis geholt. Es war kurz vor zehn, und sie war immer noch allein.

Der Roman war die übliche Lektüre für Reise und Bahnhof, nicht schlecht und nicht besonders gut. Nach einer Weile hatte sie keine Lust mehr. Sie schaltete das Radio ein und lehnte sich im Sessel zurück.

Die Einrichtung ringsum war nicht gewaltig. Ein Vermögen steckte keinesfalls darin. Schreibtisch und Bücherschrank zeigten diesen scheußlichen, nachgemachten altdeutschen Stil mit

Rauchglasfenstern zwischen gekreuzten Messingschienen. Vorhänge und Teppiche waren leicht verschossen. Ältere Semester, denen die Reinigung gutgetan hätte. Sicher von den Eltern geerbt und in Ehren gehalten. Das Beste war noch der Ledersessel, in dem sie saß, aber er war einsam und der einzige im Raum. Keine Blume stand herum, alles war peinlich aufgeräumt, nichts lag in der Gegend. So ein ordentlicher Mensch. Sicher ein Pedant. Wo er nur blieb?

Barbara sah Staub auf der Schreibtischplatte. Sie starrte ihn eine Weile an. Dann erhob sie sich seufzend. In der Küche war ein Besenschrank und darin ein Staublappen, in den fast nichts mehr hineinging. Sie nahm ihn mit und wischte den Staub von der Platte. Am Schrank war auch welcher. Als sie damit fertig war, öffnete sie eine der Türen mit den schrecklichen Rauchfenstern. Viele Bücher hatte er nicht. Sie suchte dazwischen herum.

Natürlich gehörte es sich nicht, aber warum blieb er auch so lange weg.

In einer kurzen Reihe für sich standen noch ein paar von diesen Taschenbüchern, vier Stück im ganzen. Alles Kriminalromane. Weitere mit diesem unbekannten Namen Jonathan Hare fand sie nicht. Nur vier?

Konnte er davon leben?

Wenn nicht, wovon lebte er dann?

Die Wohnung und das Auto?

Vielleicht hatte er Geld von zu Haus, und die Zeitungsabdrucke hatten auch etwas gebracht, sicherlich. Außerdem war er allein.

Sie legte die Bücher zurück, auch das fünfte noch, die toten Männer, die so ungern standen. Der Whisky war auch schon wieder alle.

Halb elf und immer noch kein Hase.

Sie schenkte sich ein weiteres Glas voll und nahm eine Zigarette. Ohne den Whisky wäre sie jetzt schon sauwütend gewesen.

Immerhin könnte er wenigstens anrufen und Bescheid sagen. Dann fiel ihr ein, daß er gesagt hatte, sie solle nicht ans Telefon gehen. Blödsinn eigentlich. Was ging es die Leute an, wer in seiner Wohnung war. Alt genug war er schließlich.

Dann bekam sie Hunger, einen plötzlichen Anfall, wie immer, wenn sie etwas getrunken hatte am Abend. Sie lief zur Küche und riß den Kühlschrank auf. Der Fleischsalat sah gut aus, er war noch keine vier Wochen alt, wie sie befürchtet hatte. Sie nahm die Schüssel heraus, dazu eine Flasche Bier, eiskalt und herrlich. Eigentlich konnte man es aushalten. Seine Ausrüstung mit Geschirr und Bestecken war mager, aber alles lag auf seinem Platz, ausgerichtet und sauber.

Doch ein Pedant.

Sie aß den Salat bis auf einen kleinen Rest und trank das Bier aus. Sie wusch ihren Teller ab. Vom Wohnzimmer her dudelte das Radio.

Sie schlenderte zurück und streckte sich im Sessel aus, nahm noch eine Zigarette.

So was! Der erste Abend bei ihm, und sie saß allein da. Schöne Aussichten.

Eine halbe Stunde. Längst vorbei. Er hatte sich wieder mal nicht getraut, die Wahrheit zu sagen. Feigling. Das war er. Ein Feigling. Immer Angst vor sämtlichen Sachen.

Plötzlich überfiel sie die Müdigkeit wie ein dunkles Tuch.

Sie merkte, daß sie nichts mehr sah, weil ihr die Augen zugefallen waren, und öffnete sie erschrocken wieder. Entsetzliches Gähnen folgte.

Nach Hause! Das einzig Richtige. Ein Blödsinn, hier herumzuhocken. Aber es war weit. Vielleicht ging gar keine Straßenbahn mehr, und wo sollte sie ein Taxi herkriegen? Egal. Raus hier und fort. Sie stand auf. Aber sie ging nicht zur Tür. Sie schob mit einem Arm den Vorhang zur Seite, der seine komische Schlafkabine abteilte.

Hm! Das Bett war nicht schlecht. Man könnte . . .

Nein. Das fehlte noch. In sein Bett!

Vielleicht – nur ein bißchen. Die Schuhe aus und nur so drauflegen, gar nicht aufdecken. Er mußte ja gleich kommen, vielleicht hatte er eine Panne gehabt oder so was.

Sie schleuderte die Schuhe von den Füßen, quer durch den

Raum. Das Radio drehte sie aus, die Stehlampe ließ sie mit einer Birne brennen.

Dann lag sie schon. Wunderbar. Der würde Augen machen. Kommt alles vom Whisky. Ein herrliches Bett. Bißchen kühl war es, so obendrauf ohne Decke. Man sollte . . . nur für die Beine . . . hach, und der enge Gürtel . . . warum eigentlich nicht?

Sie kam mit einem Schwung hoch, zog das Kleid über den Kopf. Ausgeschlossen übrigens, mit dem Kleid unter die Decke zu kriechen, von dem blöden Gürtel ganz abgesehen. Außerdem ist es mir völlig gleichgültig, was er denkt. Völlig gleichgültig. Eine Sekunde später hatte sie die Decke über sich. Jetzt war's richtig.

Sie streckte sich lang aus, die Arme hinter dem Kopf.

So. Nun konnte er wegbleiben bis in die Puppen.

Aber sie lauschte doch nach draußen, nach irgendeinem Geräusch, nach seinem Schlüssel oder seinem Schritt. Es war ganz still im Haus. Von der Straße drang kaum noch ein Laut nach oben. Alles still.

Barbara lag und wartete.

Der Feigling kam nicht zurück.

Er kniete neben dem toten Willy. Drei Einschüsse, alle im Brustbein, übereinander. Schießen konnte der Kerl. Sah aber aus, als wäre er dicht rangekommen. Wen ließ Willy dicht an sich rankommen? Nur Leute, die er gut kannte. So eine Scheiße.

Im Zimmer war nichts, was nicht hingehörte. Willys Hemd und seine Unterwäsche lagen säuberlich über dem Stuhl. Sein Anzug hing im Schrank.

Der Feigling drehte den Schlüssel mit dem Taschentuch über den Fingern. Es gab Dinge, die konnte man gar nicht mehr anders machen, so eingefahren waren sie. Auf dem Nachttisch waren die Lampe, ein zusammengeknittertes Taschentuch, die Armbanduhr, ein Wecker und eine Fachzeitschrift über Vermessungstechnik. Guter Willy. Hatte sich immer weitergebildet. In einem Beruf, den er gar nicht hatte.

Die Armbanduhr stand auf neun. Der Wecker auf halb drei. Er war abgelaufen, sieben Uhr. Willy hatte aufstehen wollen, morgens oder abends. Nicht rauszufinden, wann sie gekommen waren.

Im Bad tropfte der Hahn am Waschbecken. Das war die einzige Bewegung im Raum. Alles stand an seinem Platz. In der Küche das gleiche.

Der Feigling ging ins Wohnzimmer zurück. Er war vorhin schon dagewesen, gleich nachdem er Willy gefunden hatte. Nicht so vorsichtig wie im Schlafzimmer. Er hatte es gewußt, niemand lauerte auf ihn. Es war nicht mehr nötig. Sie hatten Willy erledigt, sie konnten warten.

Er hatte die Vorhänge zugezogen. Die Deckenlampe brannte. Der Schreibtisch sah unberührt aus, ganz normal, etwas Unordnung, etwas benutzt. Der Feigling wußte, daß sie ihn durchsucht hatten. Alles hatten sie durchsucht. Er wußte auch, daß sie nichts gefunden hatten. Bei keinem von ihnen würden sie jemals etwas finden, was mit ihrer wahren Arbeit zusammenhing. Alles harmlose Bürger mit richtigen Anweisungen und ohne Mikrofilme im Schreibtisch. Nein, sie hatten nichts gefunden.

Der Feigling sah sich den Schreibtisch trotzdem an. Nichts. Keine Spur von etwas. Nur Vermessungstechnik. Er dachte an die Meisterdetektive in den Kriminalromanen, die bei solchen Gelegenheiten eine Menge Hinweise auf den Täter fanden. Nichts. Das war das Scheußliche bei diesem Beruf. Alles vollzog sich unter der Hand, eine unsichtbare Auseinandersetzung auf Leben und Tod, in der lautlos gekämpft und unauffällig gestorben wurde, und wenn einer abkratzte, war es, als hätte er niemals gelebt. Willy hatte niemals gelebt. Eine Notiz auf der Karteikarte und aus.

Der Feigling ließ alles, wie es war. Er löschte überall das Licht. Im Schlafzimmer sah er Willy an, bevor er die Tür einklinkte. Schlaf gut, alter Bursche. Vielleicht schnappen wir den Amtsbruder. An mir soll's nicht liegen.

Langsam ging er die Treppe hinunter. Auf der Straße war es ruhig. Den Rest mußte der Meister erledigen.

Er ging zum Wagen und fuhr weg. Niemand folgte ihm. Er

fuhr den gleichen Weg zurück. An der Umgehungsstraße leuchtete der Glaskasten einer einsamen Telefonzelle.

»Hallo!« sagte der Meister.

»Johann Jakob Josef Jeremias«, sagte der Feigling.

»Fein, fein. Und?«

»Sehr krank«, sagte Jakob. »Auf Jahre hinaus bettlägerig.«

»Wie?«

»Erschossen. Dreimal von Norden her. Schlafanzug.« Er wollte eine Frage stellen, aber er tat es nicht. Meisterchen mochte keine Fragen.

»Hm. Sonst?«

»Sonst nichts. Alles prima.«

»Keine Ordensbrüder gesehen?«

»Keine.«

Der Meister schwieg einen Augenblick. Dann kam seine Stimme leiser. »Tief bedauerlich alles das. In der Tat. Werden uns bald um die Herrschaften kümmern müssen – bald – fürchte ich – ja. Dein Mädchen wird warten, Johann Jakob.«

»Wahrscheinlich nicht mehr.«

»Doch, doch. Bestimmt. Kenne die Frauen. Wird sich in dein Bett gelegt haben.«

Sicher war es so. Der Meister wußte immer alles.

»Tja, Jakob. Ich werde nach Willy schauen. Von Beileidsbesuchen bitten wir abzusehen, natürlich.«

»Natürlich«, sagte der Feigling.

»Fein, fein. Gute Nacht, Jakob. Eine friedliche Nacht.«

»Gute Nacht, Meisterchen.«

Er trat hinaus und atmete tief. Das Standlicht glimmte vom Wagen her. Der Meister würde nach Willy schauen. Alles würde sich unauffällig erledigen, ohne Schlagzeilen und Steckbriefe. Höchstens ein paar Zeilen auf der fünften Seite.

Der Feigling hatte Sehnsucht nach Barbara. Er fuhr schnell und startete schon bei Gelb an den Ampeln. Jetzt sollte man noch einen schönen Abend rausholen, und drüben lag Willy neben seinem Bett und konnte nie mehr aufstehen.

Im Fahrstuhl klopfte das Herz des Feiglings stärker als vorhin auf dem dunklen Flur. Er drehte leise den Schlüssel im Schloß. Im Wohnzimmer war Licht. Er ging den Flur entlang und hinein und sah auf dem Teppich einen Schuh.

Ein Schuh.

Sie war da. Oder barfuß nach Hause gegangen.

Die Whiskyflasche stand auf dem Tisch neben dem leeren Glas. In einer Schale schwammen Reste von Eiswürfeln bewegungslos und glitzerten.

Der Feigling schlich leise über den Teppich und blickte um die Ecke der Nische zum Bett.

Das Kleid sah er zuerst. Es war über den fellbezogenen Hocker geschleudert. Der Inhalt lag im Bett.

Barbara schlief fest. Der Mund war etwas geöffnet. Wahrscheinlich ließ die Stupsnase nicht genug Luft durch. Das Gesicht zeigte auch im Schlaf einen trotzigen Ausdruck, und die Unterlippe war vorgeschoben. Sie ärgert sich im Traum. Über mich, dachte der Feigling. Ihr rechter Arm war angewinkelt, und die Hand steckte unter dem Bezug des Kopfkissens, als hätte sie dort irgendwas gesucht. Die Bettdecke ging fast bis zu den Schultern. Die Träger schnitten leicht in die bräunliche Haut.

Der Feigling war ziemlich glücklich. Vorsichtig nahm er das Kleid vom Schemel. Es roch fremd und betörend. Er legte es über den Sessel. Dann goß er sich das Whiskyglas voll und setzte sich leise auf den Schemel neben das Bett und Barbara.

So ein freches Wesen. Übrigens das einzig Vernünftige. Was sollte sie herumsitzen und die Wände anstarren. Und lieb von ihr. Sie hätte genausogut gehen können, auf immer und ewig. Wahrscheinlich war es in der heutigen Zeit Mode, daß die Mädchen in den Betten auf den Gastgeber warteten. Man selbst war doch recht rückständig.

Der Whisky wurde schnell alle. Nach dem zweiten Glas war alles besser. Die Geschichte mit Willy saß nicht mehr so dicht auf der Seele. Und Barbara war da.

Zunächst entschloß sich der Feigling, die ganze Nacht und den halben Vormittag am Bett sitzen zu bleiben. Ehrenwache vor der Angebeteten. Nach dem dritten Whisky verwarf er den Entschluß und begann sich mit der Frage zu beschäftigen, wo er schlafen sollte. Das Bett war besetzt. Kein Zweifel. Es blieb nur der Sessel. Beine auf den Tisch. Oder das schwach gepolsterte Klappbett auf dem Korridor. Er entschied sich dafür. Das Kreuz würde elend weh tun am nächsten Morgen. Gleichviel. Liebe verlangte Opfer.

Mit größter Behutsamkeit transportierte er das Bett ins Zimmer und klappte es auseinander. Die Scharniere quietschten fürchterlich. Nur eine Wolldecke war da. Kein Kopfkissen. Man konnte die Jacke zusammenrollen. Der Soldat behilft sich.

Der Schlafanzug fehlte auch. Er lag unter Barbara. Der Feigling zog sich im Bad aus und schämte sich seiner Unterhosen. Völlig unmodern, keine Form drin. Schlotterten mit griesgrämigen Falten herum. Er betrachtete sich im Spiegel. Bauch zu dick, Beine zu dünn. Ein miserabler Anblick. Es würde besser sein, den Morgenrock überzuziehen.

Dann ging er zurück. Er sah noch einmal nach Barbara. Sie schlief in der gleichen Haltung, trotzig und fest. So einen Schlaf brauchte man.

Plötzlich entdeckte der Feigling auf dem Nachttisch eine Feder. Sie war grauweiß und mittelgroß. Stammte mit Sicherheit aus dem Kopfkissen. Barbara hatte eine Feder aus dem Inlett gezogen. Unglaublich.

Vorsichtig nahm er sie auf und betrachtete sie. Eine veritable Feder. Es gab nur eine Möglichkeit, sie zu verwenden. Unendlich behutsam legte er sie über Barbaras Nase. Sie blieb liegen, ruhte gut und sicher.

Der Feigling sandte mit den Lippen einen Kuß in die leere Luft und löschte die Stehlampe aus. Dann tastete er sich zum Feldbett. Er warf den Morgenmantel von sich und legte sich nieder. Verteufelt hart war das Gestell. Ach was. Man brauchte nur an Moltkes Großen Generalstab während der Mobilmachung zu denken. Auch da hatten die Offiziere in ihrem Dienstzimmer auf Feldbetten geschlafen, standhaft wie die Wacht am Rhein. Alles fürs Vaterland und Barbara.

Er zog die Wolldecke bis ans Kinn und schloß die Augen. Dann hörte er, wie es in seinem Bett lebendig wurde.

Die Bezüge raschelten. Barbara atmete stoßweise. Gleich darauf erscholl ein fürchterliches Niesen.

»Gesundheit!« sagte der Feigling.

Er vernahm, wie sie sich ruckartig aufsetzte.

»Was ist . . . wo bin ich denn hier . . .?«

»In meinem Bett. Einsvierzig mal zwei Meter. Matratze mit Federkern, zehn Jahre Garantie.«

»Ach, du lieber Gott.« Es klang kläglich. »Jakob – bist du da?«

»Jawohl. Ich liege zu deinen Füßen.«

»Wie spät ist es?«

»Es ist später, als du denkst«, sagte er mit Grabesstimme.

»Ich muß sofort nach Hause!«

»Unverzüglich. Aber die angebrochene Nacht mußt du bezahlen. Das Zimmer kostet zweiundzwanzigfünfzig, mit Bad und Frühstück. Das letztere ist im Hause einzunehmen.«

»Warum bist du so lange weggewesen?«

»Der Idiot hat mich so lange aufgehalten«, sagte der Feigling. Verzeih mir, Willy. »Ist einen Zug später gefahren und hat mich vollgequatscht. Hab' dagesessen wie auf einer Schnellkochplatte. Sei nicht böse.«

»Ich bin so müde.« Pause. »Jakob . . . liegst du auf dem Fußboden?«

»Dicht darüber. Feldbett. Cäsar im gallischen Krieg. Den Harnisch habe ich anbehalten. Desgleichen die Beinschienen. Das Schwert liegt in Griffnähe. Der Helm ist auf dem Nachttisch, neben den Magentropfen und der Generalstabskarte. Mein maurischer Sklave Phytax wacht mit der Maschinenpistole vor dem Zelt . . .«

»Bist du sehr betrunken?«

»Ganz wenig. Du hast mir kaum was übriggelassen.«

»Ich hab' solchen Durst!«

»Warte, Geliebte. Ich schicke Phytaxen zur Marketenderin um Bier.«

Er krabbelte aus dem Gestell heraus und zog den Morgenrock an. Niemals durfte sie diese Unterhosen sehen. Er tastete sich zum Flur und machte Licht. Die Bierflaschen im Kühlschrank zeigten feuchte Beschläge. Im Wohnzimmer knipste er die Stehlampe wieder an. Dann stellte er sich neben den Vorhang zur Nische.

Barbara lag wieder auf dem Rücken und sah vergnügt zu ihm hin. Den linken Daumen hatte sie im Mund. Mit der rechten Hand suchte sie wieder im Inlett des Kopfkissens herum.

»Zum Trinken wirst du den Daumen herausnehmen müssen«, sagte er.

»Und was soll dieses Federnsuchen? So ein Kissen kostet eine Menge . . .«

Sie kam hoch und schüttelte sich lachend.

»Greis! Dieser Morgenrock! Stachelbeerbeine und Plattfüße! Mister Universum! Oh, wie bist du schön!«

»Es plattet alles immer mehr ab.«

Er setzte sich auf den Schemel und öffnete die Flaschen. »Vom Kopf bis zu den Füßen. Hier – im Krieg gibt's nur die Feldflasche. Cäsar oder nichts.«

Sie leerten die Flaschen bis zur Hälfte.

»Es tut mir leid, Bärbel. Ich hab' die ganze Zeit daran gedacht, was du hier machst und ob du weggehst. Schön, daß du dageblieben bist.«

»Hol mir eine Zigarette, bitte.«

Er tat es.

»Du mußt mitrauchen!«

»Ich kriege den Keuchhusten.«

»Rauch mit, ja?«

Er tat auch das.

»Ich muß dem Herrn Verleger dankbar sein«, sagte er nach dem ersten Hustenanfall.

»Wieso?«

»Allein hätte ich es nicht geschafft, dich in mein Bett zu kriegen.«

»Bestimmt nicht.«

»Ich hätte es auch nicht versucht.«

»Will ich hoffen. Ich gehe auch, wenn das Bier alle ist.«

»Ich geb' dir eine Flasche mit für unterwegs. Der Durst ist . . .«

Ihr Gesicht verzog sich zu einem entsetzten Ausdruck.

»Was ist? Spinne an der Wand?«

»Mein Gott! Ich habe gar keinen Hausschlüssel!«

»O gütiges Geschick!« sagte der Feigling voller Inbrunst.

»Meine Wirtin! Kann ich unmöglich rausklingeln!« Sie machte eine Fistelstimme. »Aber Kindchen, wo kommen Siiie denn her so spääät! Sie sind doch noch sooo jung!«

»Du mußt eben früh kommen. Wie heißt deine Freundin?«

»Astrid.«

»Na also. Du warst bei Astrid und bist dageblieben. Sie ist auch schon oft bei dir geblieben, ohne überhaupt gekommen zu sein.«

»Oft.«

»Na also. Ich werde mein Bett Astrid nennen.«

»Du bist ein alter Esel.«

»Hast du gut geschlafen darin?«

»Prima. Gleich schlafe ich weiter.«

»Tu das, mein Herz. Ich werde auf mein Nahkampfbett zurückkehren und über die Schlacht nachdenken. Morgen früh, wenn die Sonne auf den Speeren der Feinde leuchtet, werde ich einen Ochsen für dich braten und das Bad mit wohlriechenden Wässern bereiten lassen . . .«

»Greis!«

»Hm?«

»Ist es sehr hart – auf dem Feldbett?«

»Hart? Hart sagst du, unwissendes Kind? Das Wort hart ist wie linde Daunen im Vergleich zu dem, was mich dort erwartet. Das Ding ist eine geschliffene Diamantplatte. Man kann nur im Handstand dort schlafen, oder gar nicht. Im Sarg ist es weicher.« Er trank Bier mit düsterem Gesicht.

»Schnarchst du sehr?«

»Schnarchen? Ich weiß nicht, ob ich schnarche. Es ist lange her, daß mich jemand darauf aufmerksam gemacht hat.«

»Lüg nicht, wenn du mit mir sprichst! Wenn du nicht schnarchst, dann könntest du – ich meine, ich rutsche ganz zur Wand . . . ich halte dir bestimmt die Nase zu, wenn du . . .«

»Bärbel«, sagte er. »Du kannst mir die ganze Nacht die Nase

zuhalten und den Mund auch. Ich atme durch Tracheen, wie eine Wespe, oder überhaupt nicht . . . in deiner Nähe brauche ich keinen Sauerstoff!«

»Red nicht so viel! Ich will schlafen!«

Sie stellte ihre Flasche auf den Nachttisch und rollte sich dicht zur Wand. Daumen im Mund, Hand im Kissen. Der Feigling betrachtete sie lächelnd. Er drückte die Verschlüsse der Flaschen zu. Die Lampe ging aus. Im Dunkeln zog er den Morgenrock aus. Dann kroch er langsam und vorsichtig unter die linke Hälfte der Bettdecke.

Barbara war bei ihm. Sie lag zwanzig Zentimeter entfernt, aber er spürte ihre atmende Haut und die Wärme darunter.

»Greis!«

»Was ist? Hab' ich schon geschnarcht?«

»Erzähl mir was! Woran denkst du?«

»Ich denke an die Schlacht, morgen, gegen die Gallier. Weißt du was? Ich lasse sie einfach ausfallen. Der Teufel soll dieses Gallien holen, und der Senat soll mich am . . . ich meine, es wird irgendwo schon noch eine andere stattfinden. Warum muß es gerade die sein? Hähä. Ich bleibe im Zelt, bei dir. Passieren kann nichts, weil ich den Harnisch anhabe. Laß sie sich draußen prügeln, bis ihnen die Helme platzen. Ich bleibe bei Bärbel, trinke Bier aus der Flasche und vergesse Rom und die Römer, die Rindviecher. Ich bin so glücklich wie noch nie. Sollen die Kinder später in den Geschichtsbüchern lernen, was sie wollen. Der große Cäsar ließ eine Schlacht ausfallen, und die Weltgeschichte stand still! Und wer war schuld? Barbara Thomann, das schönste Mädchen Galliens, eine Spionin zwar und falsche Schlange, aber seinem Herzen näher als sein eigener Herzbeutel, von Rom gar nicht . . .«

Er fühlte, wie sie sich umdrehte. Ihre Arme kamen aus der Dunkelheit und ihr Mund auch. Es waren keine zwanzig Zentimeter mehr zwischen ihnen.

»Mein Greis!« flüsterte sie.

Sie standen zu dritt um ihn herum. Ihre Gesichter waren freundlich, fast zuvorkommend. Sie sprachen leise und mit gewählten Worten, vermieden jeden groben Ausdruck. Alles gebildete Leute von Welt. Aber der Feigling wußte, daß er erledigt war und so gut wie tot.

Er lag ausgestreckt in einer Badewanne. Das Wasser war angenehm warm, nicht zu kühl, nicht zu heiß. Direkt erfrischend. Er lag allerdings ziemlich flach in der eisernen Mulde und konnte mit dem Kopf nicht hoch. Über ihm war ein engmaschiges Gitter aus dickem Stahldraht, das die Wanne nach oben abschloß. Mit stählernen Krampen war es am Rand der Wanne eingehakt, auf allen Seiten fest, ganz unverrückbar.

»Sehen Sie, Häslein«, sagte der Chef der drei, »das Bett und die Badewanne sind die zwei genialsten Erfindungen der Menschheit. Es gibt nichts Nützlicheres für einen Menschen, als im Bett oder in der Badewanne zu liegen. Er tut was für seine Gesundheit und gibt kein Geld aus während dieser Zeit. Kann man heutzutage mehr verlangen in dieser bösen, bösen Zeit? Kann man das?«

Er blickte die beiden anderen an. Lächelnd schüttelten sie die Köpfe.

»In Ihrem Fall, Angsthase, liegt die Sache leider etwas anders. Sie liegen in der Badewanne, und was stellt sich heraus? Ausnahmsweise ein ungesundes Bad! Nicht für möglich zu halten!« Sein Ton änderte sich jäh. »Heroismus ist eine feine Sache, Hase. Süß und ehrenvoll ist es, fürs Vaterland zu sterben. Sie werden in dieser Wanne ersaufen wie ein Hund, der nicht mehr schwimmen kann. Oder Sie erzählen uns, was wir wissen wollen. Ein bißchen über Ihren Auftrag und ein bißchen über Ihre Zentrale. Na, wie ist es? Etwas mehr Wasser gefällig?« Seine Hand griff zum Hahn. Plätschernd lief das Wasser weiter.

Der Feigling mußte mit dem Kopf höher. Sein Gesicht stieß gegen das Drahtnetz.

Der andere blickte ihn träumerisch an.

»Neidisch könnte man werden! Er darf baden. Man selbst ist mit Staub und Schweiß bedeckt, fühlt sich abgespannt und elend. Und er badet! Ungerechte Welt. So ungerecht. Nun, Onkel Jakob? Viel Platz ist nicht mehr unter dem Gitter. Möchtest du nicht doch ein bißchen was erzählen? Erzähl uns was! Wir sagen es bestimmt nicht weiter. Nicht wahr, Freunde?«

»Ganz bestimmt nicht!« Die anderen sahen gekränkt aus.

»Ihr Treuen! Ich wußte, daß ihr mich nicht enttäuscht. Was sollte unser Freund Häslein von uns denken, wenn wir petzen! Los, mach das Maul auf, du Schwein!« schrie er.

»Natürlich«, sagte der Feigling mühsam. »Und anschließend laßt ihr mich raus, wie? Nehmt das niedliche Gitter herunter und laßt mich raus, ihr edlen Menschen! So was von Nächstenliebe. Wartet ein bißchen – in der Hölle erzähle ich euch alles, was ihr wissen wollt – dauert nicht mehr lange . . .«

»Dich begraben wir noch«, sagte der Chef.

Das Wasser überspülte das Gesicht des Feiglings. Er hielt den Atem an. Das Gitter schnitt tiefe Kerben in seine Haut. Das Blut dröhnte in seinem Körper. Er riß den Mund auf, warf sich zur Seite . . .

Dann wachte er auf.

Barbara ließ seine Nase los.

»Heu! Stirb nicht gleich, wenn man dir deinen Zinken zuhält! Ach je, ach je! Ganz blaß ist er! Und Schweiß auf der Birne, richtiger Schweiß! Mußt du schwer gearbeitet haben im Schlaf!«

Der Feigling erkannte sie. Barbara. Bärbel. Er war zu Hause, und sie war bei ihm. Alles klar. Alles in Ordnung. Keine Wanne, kein Gitter.

»Morgen«, sagte er.

»Guten Morgen – Astrid. Schlecht geträumt?«

»Nein. Ausgezeichnet.«

»Du bist hochgefahren, als wollte dich einer umbringen. Was schnarchst du auch so entsetzlich!«

Mit dem Zipfel der Bettdecke wischte sie ihm den Schweiß von der Stirn.

»Warum schläfst du nicht, du Wärmflasche aus Menschenhaut! Dann hörst du nicht, wie ich schnarche! So was! Wehrlosen Schläfern die Luft absperren! Mistpfützenkrebs, verfluchter!«

Er küßte sie eine halbe Minute lang, bis ihm die Luft zum zweitenmal wegblieb.

»Schnarchkasper, greisenhafter!«
»Nieskarpfen! In meinem Bett kann ich schnarchen, solange ich will. Wer hat dich überhaupt hier reingelassen?«
»Eingeladen.«
»Ha! Eingeladen! Hast du eben den Kicherer gehört? Fremde Weiber in meinem sauberen Hause! Das Laster in diesem unberührten Bette!«
Sie krabbelte an ihn heran. »Greislein?«
»Fahre fort, meine Tochter, ich höre schon!«
»Wie viel Mädchen waren schon in diesem unberührten Bette?«
Der Feigling strich einen imaginären Bart. »Ach, weißt du . . . ich habe die Wohnung noch nicht lange. War Untermieter, genau wie du, mein Sofapüppchen. Viele können es nicht gewesen sein . . .«
Sie packte ihn am Hals. »Sofort sagst du es mir, Lump! Ich bringe dich um!«
»Hinweg, Bestie! Auch noch zählen am frühen Morgen! Mach lieber Frühstück, du fauler Wanst . . .«
Es folgte ein Freistilringkampf. Der Feigling verlor mühelos in der ersten Runde. Barbara preßte ihn nieder und fuhr fort, ihm die Luftröhre zu massieren. Er japste.
»Gnade! Es waren nur drei Frauen hier. Von der Heilsarmee. Sangen ein Lied zur Laute und wollten Geld für die Kriegskasse . . . sonst niemand . . . so wahr ich unter dir liege . . .«
Diesmal küßten sie sich noch länger.
»Hm«, machte der Feigling stöhnend. »Zeitungswissenschaft nennt sich das! Studentin! Kann mich nicht erinnern, daß diese Übungen im Vorlesungsverzeichnis stehen.«
»Doch. Studium universale. Für Hörer aller Fakultäten.«
»Schwarzhörer auch?«
»Mit Erlaubnis des Dozenten.«
»Fein. Komm, Dozentin. Geh ins Bad und wasch deine überirdische Erscheinung. Eins der Handtücher ist verhältnismäßig sauber. Das grüne. Ich werde die Zutaten zum Frühstück aufbauen. Dann schrubbe ich mir den Hals mit den Würgemalen. Du machst den Tee und die Eier, und wir frühstücken so unbe-

fangen, als wärst du vor einer Viertelstunde erst gekommen.«

Es dauerte noch eine Weile, bis sie aus dem Bett herausfanden. Eine halbe Stunde später saßen sie in der Küche zwischen Spiegeleiern und Teetassen.

»Wie spät ist es nun wirklich?«

»Halb zehn.«

»Wenn ich an meine Wirtin denke, wird mir übel.«

»Denk an was anderes. Wann, zum Beispiel, sehe ich dich wieder?«

Sie legte einen Finger an ihre Nasenspitze. »Morgen ist Vorlesung. Zeitungsgeschichte. Kommst du hin?«

»Bewahr mich der Himmel vor Not, Tod, Feuersbrunst und Termitenfraß! Hier schlafe ich besser.«

»Dann hol mich wenigstens ab.«

»Darüber könnte sich nachdenken lassen. Wann ist es alle?«

»Geht von halb vier bis sechs.«

»Auch noch mitten im Berufsverkehr. Schön. Ich stehe vor allen drei Türen zugleich. Einer von uns erwischt dich dann schon.«

»Hoffentlich ist er nüchtern.«

»Schweig, Minderjährige. Grüß deine Wirtin und sag ihr, wir hätten die ganze Nacht gearbeitet und die Anfänge der Druckkunst durchgenommen.«

»Sei nicht frech.«

Barbara ging zehn Minuten später. Vom Balkon aus sah sie der Feigling an der Haltestelle. Er winkte, bis sie eingestiegen war.

In der Küche spülte er die Tassen ab und pfiff dabei vor sich hin. Er war verliebt und freute sich darüber. Beinahe hätte er nicht mehr an so was geglaubt. Stand ihm das überhaupt noch? Hinterher fuhr er hinunter zum Briefkasten und holte seine Post. Nichts Besonderes war dabei. Ein Postscheckbrief, keine Gutschrift, leider. Eine Karte von einer früheren Freundin, längst verheiratet mit irgend jemandem. Aus dem Urlaub. Sonne, Wein, Faulenzen. Wie es ihm ginge?

Im Augenblick sehr gut, dachte er. Wie lange, war fraglich.

Er las die Zeitung.

Als er die Preise für Münz- und Barrengold studierte, schrillte das Telefon zitternd.

Der Meister. »Morgen, mein Lieber. Wohl geruht?«

»Wohl.«

»Bißchen kurz, wie? Dame war noch da, wie?«

»Ja.«

»Dachte ich mir doch. Tja – Jakob – hab' Willy besucht und Beileid ausgesprochen. In hohem Maße bedauerlich das, in der Tat. Die Wohnung geben wir auf, Jakob Jeremias. Mit Ersatz ist nicht zu rechnen. Man muß sparen. Saure Zeiten. Sehr sauer. Tja. Du kriegst gelegentlich einen anderen, nach dem du sehen kannst, wenn er sich den Fuß verstaucht hat.«

»Okay«, sagte der Feigling.

»Hm. Ach, weißt du – dein Mädchen . . . wie ist sie?«

»Harmlos.«

»Harmlose Mädchen gibt es nicht, mein Lieber. Na ja, man muß an seinen Körper denken. Sehe ich ein. Möchte sie trotzdem mal betrachten, Jakob. Wirst du da eifersüchtig?«

»Nein.«

»Wäre auch ganz ungehörig – bei einem alten Freund. Vielleicht – geht sie mal mit zum Frühschoppen. Muß nicht unbedingt Bier trinken – gibt auch Fruchtsäfte und Coca und so . . .«

»Sie trinkt Bier«, sagte Jakob.

»Ausgezeichnet. Möglicherweise hat sie am Sonnabend schon Zeit – das wäre herrlich, wie?«

»Das wär's.«

»Warum sollte sie keine Zeit haben?«

»Ich sag's ihr.«

»Ich wußte, daß du mich verstehst, Johann Jakob. So eine Freude für einen einsamen Mann. Na, dann lies deine Zeitung weiter. Bis zum Sabbat, Herr Berufskamerad.«

»Bis zum Sabbat.«

Die Leitung war taub. Der Feigling sah aus dem Fenster.

Die Sache mit Willy war erledigt. Und jetzt wollte der Meister wissen, wer Barbara war. Natürlich. Er mußte sich um alles kümmern, um jeden einzelnen und um die Bekannten von jedem. Risiko war gefährlich. Fehler waren der Tod.

Es half nichts. Er mußte Barbara mit in die Kneipe schleifen, in den Dunst von Bier und Tabak, zu den komischen Männern, dorthin, wo sie immer zusammentrafen, wo auch der Meister war, den niemand kannte. Oft hatte er darüber nachgedacht, wer von ihnen es sein könnte. Er hatte es aufgegeben, es war sinnlos und führte zu nichts.

Barbara klingelte lange und übermütig. Es war lächerlich, Angst zu haben. Was ging die Alte an, wo sie gewesen war. Bei Astrid. Na und?

Das Dienstmädchen öffnete. Barbara wirbelte an ihr vorbei. »Danke, Resi! Morgen!«

Sie kümmerte sich nicht um das Gesicht und lief die Treppe hoch. Ihr Zimmer war aufgeräumt, sauber. Es schrie direkt nach Unordnung. Was sollte man mit dem Tag anfangen? Paar Briefe schreiben und raus in den Garten. Morgen war die Vorlesung. Liebe Vorlesung.

Sie schrieb schnell, war bald fertig. Es ging wunderbar leicht. Sie zog sich um, ein Fähnchen und alte Sandalen. Dann schleppte sie einen Liegestuhl hinaus unter die Kastanie.

Es lag sich gut. Ruhe und der Duft nach Frühling und Gras unter der grünen Glocke. Das Haus war voll von Studenten, die meisten waren in der Uni oder sonstwo. Sicher auch Jens, das Musikgenie ... Stand im Konservatorium zwischen Noten herum und blies auf der Flöte. Ein Segen.

Er war nicht im Konservatorium.

Seine Stimme sagte neben ihr: »Hättest du tiefere Bedenken, wenn ich mich hierhin lege?«

Barbara öffnete die Augen und blinzelte. Seine Gestalt wurde nach oben immer dünner, und sein Gesicht war in lächerlicher Ferne. »Weder – noch«, sagte sie.

»Tausend Dank.« Er klappte den Liegestuhl auseinander, umständlich, als hätte er Spaß daran. Sie schloß die Augen wieder.

»Müde?«

»Taufrisch. Quellwasser ist lahm dagegen.«

»So habe ich es vermutet.«

»Was fragst du dann?«

»Wo du doch die ganze Nacht fest geschlafen hast.«

»Traumlos«, sagte sie. Sie dachte an die zugehaltene Nase des Greises.

Jens fragte langsam: »War sein Bett so gut?«

Barbara rührte sich nicht. Nicht ärgern lassen. Trotzdem eine Unverschämtheit. »Astrid ist ein Mädchen, wenn ich nicht irre, teurer Jens.«

»Du irrst nicht, teure Barbara. Sie hat am Abend angerufen und nach dir gefragt. Ich war dran. Der reine Zufall.«

In Barbara erwachte der Trotz. »So was. Dann war ich wohl doch nicht bei Astrid.«

»Wohl doch nicht.«

Sie schwieg. Nur weiter, lieber Junge. Er wartete, aber das Mädchen hielt es länger aus.

»Meinst du, es macht einen hervorragenden Eindruck, wenn du Nächte wegbleibst?«

»Ich meine gar nichts.«

»Deine Eltern hätten ihre helle Freude.«

Sie lächelte ihn an, voller Spott. »Nett, daß du dir meinen Kopf zerbrichst.«

»Ist dir dein Ruf so gleichgültig?«

»Machst du dir Sorgen darum?«

»Ja.«

»Wie rührend, dieses Mitgefühl. Ich würde es Eifersucht nennen.«

»Red keinen Quatsch.« Er war ärgerlich. »Ich darf mich wohl darum kümmern, in was für Hände du gerätst.«

Der Streit machte Spaß. »Erstens wüßte ich nicht, warum du das darfst. Zweitens kann ich über die Hände nicht klagen.«

»Bis sie dich rausfeuern.«

»Na und? Besser, als wenn er sich mit mir verloben wollte nach einer Woche – wie du!«

»Weil ich dich liebe.«

»Weil du gehört hast, daß mein Vater Geld hat.«

Er biß auf seiner Unterlippe herum. Die Beherrschung machte

Mühe. »Schöne Gemeinheiten denkst du dir aus! Das Vorbild wird schon sichtbar. Du wirst herrlich zusetzen bei der Geschichte.«

Sie wollte nichts aufsparen. Alles mußte heraus. »Nicht soviel wie bei dir! Ich habe ihm noch kein Mittagessen zahlen müssen und kein Bier!«

Er stand auf mit hölzernen Bewegungen. »Vielen Dank. Du brauchst es nicht mehr zu tun. Mach, was du willst. Wer mit Gewalt eine Hure werden will, den soll man nicht hindern.«

Er ging weg, aber er kam nicht weit. Barbara schnellte hoch und hinter ihm her. Sie faßte seine Schulter und riß ihn herum. Es tat scheußlich weh, als ihre Hand in sein Gesicht schlug.

Er wurde bleich. Für eine Sekunde sah es aus, als wollte er zurückschlagen. Sein Körper zitterte. Er versuchte, alle Verachtung, die in ihm war, in sein Gesicht zu bringen, aber es war nicht einfach. Man brauchte einen wortlosen, entschlossenen Abgang, zumal anzunehmen war, daß vom Haus her jemand den Auftritt voller Behagen betrachtete. Er stieß die Luft durch die Nase wie ein letztes Wort. Dann drehte er sich und ging zum Haus. Als er durch die Tür war, legte er die Hand auf die Wange.

Auch Barbara rieb erst verstohlen ihre Handfläche, als sie wieder im Stuhl lag. So ein blöder Kerl. Die Ruhe war hin. Sie wollte einschlafen, nicht mehr daran denken. Es gelang nicht. Reizender Vormittag. Der Greis würde sich totlachen.

Jens saß in seinem Zimmer am Schreibtisch, ein brütender Othello. Wenn er den Kopf drehte, konnte er sein Gesicht mit den vier roten Striemen auf der linken Wange im Spiegel sehen.

Warum mußte das so sein? Warum konnte sie nicht bei ihm bleiben und ihn lieben? Dieser verfluchte Idiot hatte sich zwischen sie gedrängt, mit weisen, abgeklärten Sprüchen und irgendwelchen Tricks, auf die die Weiber immer wieder reinfielen. Der Herr mit den grauen Schläfen. Er mußte etwas dagegen tun. So leicht sollte es der Kerl nicht haben. Es war ihm klar, daß sein letzter Satz im Garten ein Fehler gewesen war. Er beging noch einen größeren.

Er hatte Barbaras Vater einmal gesehen, war ihm vorgestellt worden, als er kurz zu Besuch gekommen war. Jens holte seine Maschine heraus und schrieb einen Brief.

Der Feigling lehnte an der Wand gegenüber dem Hörsaal, aus dem Barbara kommen mußte.

Er hörte das Klopfen und Trampeln im Inneren des Raumes. Die Türen flogen auf. Der Schwarm drängte auf den Korridor, und Barbara wurde fast von selbst gegen den Feigling geschoben.

»Wann wurde die erste Zeitung gedruckt?«

»1482 oder 1609 in Augsburg oder Wolfenbüttel oder so . . .«

»Oder so. Du hast geschlafen.«

»Nein! Die sind sich nicht einig.«

»Daher der Name Universität. Komm ins Freie. Mein Brustkorb ist morsch.«

»Supergreis.«

Sie fuhren zu einem stillen Lokal mit groben Holzbänken und goldenem Bier. Der Feigling sah Barbara an und sagte: »Ich liebe dich, Bärbel. Möglicherweise interessiert es dich nicht, aber ich wollte es sagen, bevor ich es vergesse.«

»Es interessiert mich in keiner Weise«, sagte Barbara und lächelte.

»Ich hab' es extra in mein Notizbuch geschrieben. Hier.« Er zeigte ihr die Seite. »Freitag, neunzehnter Mai. ›Bärbel sagen: Liebe dich‹.«

»Ordentlicher Mensch.«

»Kann ich also streichen.« Er strich die Notiz aus. »So – das wäre das. Nun weiter. Wirtin gemeckert?«

Sie schüttelte den Kopf. »Die nicht.«

»Wer? Der junge Recke?«

»Hm.«

»Hat er sich das Gewand zerrauft?«

»Nein. Er hat gesagt, wenn ich eine Hure werden wollte, sollte man mich nicht hindern.«

»Hure? Oh, das ist gar nicht einfach. Die haben was gegen

Amateure, die die Preise verderben. Sagt er öfter solche Sachen zu dir?«

»Ach, er ist verrückt. Blödsinnig eifersüchtig. Wollte sich gleich mit mir verloben. Denkste.«

»Um des Himmels willen!« Der Feigling trank einen langen Schluck.

»Er scheint tatsächlich verrückt zu sein. Wie kommt er auf die wahnwitzige Idee?«

»Ich weiß nicht. Hat Geld gerochen.«

»Hat Papa Geld?«

»Hm.«

»Haufen Erbschleicher um dich rum?«

»Hm.«

»Na ja, kann ich verstehen. Selber arbeiten ist lästig.«

»Er meint, es ruiniert meinen Ruf, wenn ich nachts wegbleibe.«

»Das ist eine Frage der Umstände«, sagte der Feigling. »Wenn du mit ihm nachts wegbliebst, würde es deinen Ruf weniger ruinieren. Wenn ein Mädchen nicht so möchte wie man selber, denkt man immer an seinen Ruf. Wie ging's aus?«

Sie schüttelte ihre Hand. »Ich hab' ihm eine geknallt.«

Er nickte. »Dachte ich mir doch. Hab' so was gehört gegen elf. Es klang, als wäre ein Reklameluftschiff explodiert.«

»Jetzt ist es jedenfalls aus, und ich hab' meine Ruhe.«

Der Feigling lächelte. »Langsam, Schwesterchen. Du wohnst in seiner Nähe, er hört dich, er sieht dich, er riecht dich. Die ständige, fleischgewordene Versuchung. Irgendwas wird er schon inszenieren.«

»Mir gleich. Greis?«

»Madame?«

»Fahren wir morgen wieder weg? Ich möchte mit dir wohin.«

»Nett von dir, mein Liebling. Aber morgen geht nicht.«

Sie zog ihren Schmollmund. »Warum nicht?«

»Ach, weißt du – ich habe da ein paar alte Saufbrüder – genauso vergammelt wie ich – mürrische, griesgrämige Greise – betagt und gebrechlich – wir haben da eine Stammkneipe mit einem grantigen Hundsknochen von Wirt – aber das Bier ist gut und die Schnäpse kalt. Da machen wir jeden Sonnabend einen Frühschoppen, und wer nicht kommt, muß den nächsten finanzieren –«

»Nein! Ich will wegfahren!«

»Aber, Bärbelchen –«

»Nein! Vorhin hast du gesagt, du liebst mich, und morgen willst du in die blöde Kneipe!«

»Jaja, aber – Liebe und Frühschoppen sind zwei ganz verschiedene Dinge – die haben miteinander so wenig zu tun wie arbeiten und Geld verdienen – ich meine, ich schoppe erst ein bißchen, und dann liebe ich dich wieder – natürlich liebe ich dich auch zwischendurch weiter –«

»Wenn du hingehst, komme ich nicht wieder.«

»Aber du kannst doch einen alten Mann nicht erpressen, der mit einem Fuß im Grabe steht! Ein Soldat läßt seine Kameraden nicht im Stich . . .«

»Du bist ein alter Idiot und kein Soldat!« Sie richtete sich auf unter einem plötzlichen Entschluß: »Ich will mit!«

»Bärbelinchen –«

»Hach. Bärbelinchen! Wenn ich das schon höre! Nimmst du mich mit oder nicht?«

Der Feigling schien sich zu winden. »Ein Weib beim Frühschoppen! Das Ende aller Kultur. Das wird nicht gehen, Bärbel. Sie werden mich ächten. Es gibt nur Ärger.«

»Wieso?«

»Du bist zu hübsch.«

»Ach, Unsinn.«

»Es sind alles Junggesellen – Altgesellen, meine ich. Weiberhasser. Wahre Teufel.«

»Fein!«

»Ich bin auf immer blamiert –«

»Du bist ein Feigling!«

»Ich weiß.« Er sah sie flehend an. »Können wir nicht am Sonntag fahren?«

»Am Sonntag kannst du allein fahren.«

Er war das Unglück in Person. »Also gut. Ich weiche der Gewalt. Schweren Herzens willige ich ein.«

Sein Herz war leicht und fröhlich. Er hatte es sich schwerer vorgestellt. Aber er wußte, daß Barbara enttäuscht sein würde. Alle würden sie sich Mühe geben, sie zu enttäuschen.

Die Kneipe war gelb.

Ein gelber Würfel, fünf mal fünf mal drei. Eine Art Schaufenster mit einem halbhohen Vorhang, eine einflügelige Tür mit höckerigen Milchglasscheiben und schmutzigbraunem Holz. Links daneben war noch eine Eisentür, dahinter schien ein Weg zu sein, mit einem Teerpappendach am Anfang. Rechts lehnte sich eine hölzerne Lebensmittelbude neben die Kneipe, um nicht umzufallen. Lefteri Perlmann. Feinkost, Spirituosen.

An der Außenfront der Kneipe hingen drei Schilder. Das erste neben der Tür verkündete die Biermarke. Das zweite neben dem Schaufenster Coca-Cola eiskalt. Das erfrischt. Das dritte stand im Fenster gegen die Scheibe gelehnt: Weine, Liköre. Gemütlicher Aufenthalt. Sonntag Ruhetag.

An der rechten Seite ragte noch ein gläserner Kasten heraus, ein Transparent, auch mit der Biermarke, Wegweiser am dunklen Abend. Über dem Fenster, mit mißratenen Buchstaben auf den rauhen, gelben Putz gemalt, stand der Name des Lokals: *Bei Friedrich.*

»Na?« fragte der Feigling.

»Toll. Fast hätte ich es mit den ›Vier Jahreszeiten‹ verwechselt.«

»Nicht wahr? Du bist nicht der erste, dem das passiert. Und innen! Die Einrichtung ist von erstklassigen Werkstätten – sollen den Palast des Scheichs von Kuweit eingerichtet haben – oder war es das Bordell, ich weiß nicht mehr – folge mir, Schwesterchen!«

Barbara stieg aus. Der Feigling schloß den Wagen ab. »Es empfiehlt sich, die Taschen zuzuhalten und durch den Mund zu atmen«, sagte er.

Sie öffnete die Tür. Es kam noch eine zweite, ähnliche. Für einen Augenblick standen sie in einem hölzernen Käfig, dicht beieinander. Die zweite Tür ging auf.

Barbara war drin und blickte entsetzt um sich.

Sechs Männer starrten Barbara an. Vier standen an der Theke.

Einer dahinter. Der sechste saß allein an einem Tisch neben der Eingangsschleuse. Er sah aus wie ein verkümmerter Nachfahre Napoleons und krähte mit gellender Fistelstimme: »Eine Frau! Ein Weib auf diesem geweihten Boden! Auf den Scheiterhaufen mit ihr! Ich will ihn selber entzünden!«

»Sofort, Günther«, sagte der Feigling begütigend. »Ich will sie nur bekannt machen, damit du weißt, wer verbrannt wird.«

»Was schert es mich!« krähte Günther und schwenkte sein leeres Glas. »Was ist sie gegen Johanna, die Heilige! Ein Nichts! Ein Schatten! Fritz! Bier!«

Ein Irrsinniger, dachte Barbara.

Der Feigling nahm sie am Arm.

»Liebe Gemeinde«, sagte er fast demütig, »das ist Barbara Thomann, etwa tausend Wochen alt und Studentin. Bärbel – das ist unser lieber Wirt, Herr Friedrich Wuck.«

Der Mann hinter der Theke machte eine Art Verbeugung. Seine Brillengläser funkelten kurz und gefährlich. Er hatte graues Haar und ein Gesicht wie ein alter, störrischer Hengst. Er lächelte nicht und sagte: »Grüß Gott, Fräulein.«

»Hier zur Linken siehst du Herrn Doktor Meise, Privatgelehrter. Es gibt keine Frage, auf die er dir nicht antworten kann.«

Der Mann mußte siebzig sein. Er hatte einen geschnitzten Kopf. Ein Marionettenkasper mit tiefen Furchen im Holz. Das Kinn war dicht an seiner Brust, so krumm war er schon. Er drehte sich langsam, unendlich steif. Seine harten Züge verzerrten sich in grenzenlosem Wohlwollen. Er ergriff Barbaras Finger mit einer kalten Greisenhand, beugte sich herunter. »Meine Verehrung, Gnädigste!« Er krächzte. Dann schlug er die Augen zur Decke. »Junges, warmes Blut! Danke dir, Jakob, für dieses Göttergeschenk!«

Noch ein Irrsinniger, dachte Barbara.

Mit Mühe bekam sie ihre Hand frei. Der nächste an der Theke drehte sich langsam und widerwillig herum. Auch er trug eine Brille. Sein Haar war an den Seiten zerwühlt und hing über die

Ohren. Er rauchte eine Zigarre von scheußlichem Geruch. Sein Hemd stand am Hals offen, und unten hing es mitsamt dem Bauch über den Gürtel heraus. Er schien Plattfüße zu haben, sie steckten in gelben Sandalen, und die Hose darüber hatte Bügelfalten nie gesehen.

»Schulz«, sagte Jakob. »Walter Schulz. Ein sehr statischer Mensch. Statiker. Er kann Schiller besser auswendig als Schiller selbst.«

Der Mann musterte Barbara voller Unwillen. Er stieß eine Rauchwolke aus, schwenkte die Zigarre zur Decke. »Was soll uns dieses Kind!« sagte er grollend. Er drehte sich zurück und saugte hörbar an dem Giftstengel . . .

Der Feigling zog Barbara weiter, am Rücken des Statikers vorbei. Der Vorletzte dieser gespenstischen Versammlung hatte ein Gesicht wie ein übermüdeter Iltis. Kleine, gerötete, ungeheuer bewegliche Augen. Er blickte freundlich auf das Mädchen, der erste, der das tat, und listig, als wüßte er schon alles über sie. Er trug einen dunklen Anzug mit Krawatte, vornehmer als die anderen, etwa so wie der Verrückte am Tisch. Auch er küßte ihr die Hand, schwungvoll und gekonnt.

»Herr Carls«, sagte Jakob. »Sebastian Carls. Rechtsanwalt. Spezialist für Ehebruch und Trunkenheit am Steuer.«

»Alimentationsprozesse nicht zu vergessen«, sagte der Anwalt. »Man muß sich halt von dem ernähren, was am häufigsten vorkommt, net?« Er hob den Zeigefinger. »Einer der letzten freien Berufe, net wahr!«

»Quatsch!« sagte der letzte an der Theke. »Du bist jenau so 'n Jauner wie wir alle!«

»Das ist Füchslein«, sagte der Feigling. »Der kleine Fuchs. Steuerberater und aus Berlin. Sagt alles.«

Der Kleine hopste von seinem Barschemel herunter. Er wurde noch kleiner. Er grinste fröhlich, mit schiefem Kopf. Auch er küßte Barbara die Hand, aber schallend und feucht. Er schien der jüngste von allen zu sein, zugleich der harmloseste. »Die Frau im Haus erspart den Wassermann!« sagte er voller Zufriedenheit. »Nehm'se Platz, Mädchen!«

»Du mußt dir nichts draus machen.« Der Feigling zog einen

Hocker für Barbara heran. »Seine Witze sind immer so schlecht.«

»Hör dir mal deine an, du Affe!« sagte Herr Fuchs.

»Seid mir gegrüßt, liebe Brüder«, sprach der Feigling. »Sie wollte mal sehen, wo ich meine Freizeit verbringe. Fritz – gib ihr ein Bier und einen Doppelten.«

»Kann ich einen Whisky haben?«

Der Wirt musterte sie ungnädig. »Bei uns trinken die Gäste, was da ist, Fräulein. Müssen sich schon dran gewöhnen.«

»Richtig«, brummte der Statiker an seiner Zigarre vorbei. »Whisky! Ausländische Sitten hier einführen!«

»So ist es! Niemals!« Der Irre am Tisch kreischte. »Nächstens wird hier noch der Dudelsack geblasen! Wo ist mein Knotenstock? Sie muß gezüchtigt werden!«

»Ach je«, sagte Jakob. »Den hab' ich ganz vergessen. Bärbel – das ist Herr Zahmeis – Parfümfabrikant – ätherische Öle en gros. Er wird dir noch allerhand Todesarten ankündigen.«

»Haha!« machte Herr Zahmeis. »Jawohl! Werde sie vernichten! Zerstäuben in alle vier Winde! Fritz! Bier!«

Das Bierglas, das Barbara bekam, war nicht sehr sauber. Sie wischte mit dem Finger am Rand herum. Die Brille des Wirtes blitzte.

»Unsere Gläser sind sauber, Fräulein! Da brauchen Sie gar nicht zu wischen!«

»Nur Bierrückstände«, sagte Jakob.

»Zum Polieren habe ich keine Zeit. Bin Wirt, Hausdiener, Heizer, Einkäufer, Putzfrau – alles in einer Person.«

Schulz stieß eine Qualmwolke aus. »Polieren! Aus polierten Gläsern können wir überall saufen.«

»Probieren geht über Polieren!« rief der kleine Fuchs vergnügt.

»Prost, Bärbelchen, süße Motte!«

Barbara trank mit geschlossenen Augen. Das Bier schmeckte gut. Sie bekam eine Zigarette und hatte Zeit, sich umzusehen.

Das Wort gemütlich paßte hierher wie ein Karussell in die Kirche. Eine Bleikammer von Venedig war wohnlicher. Die Theke hatte einen Kunststoffbelag, vermutlich, um dem Wirt unnötige Polituren zu ersparen. Sie stand links im Raum, bog zur linken Wand um und ließ noch einen Spalt an der Fensterseite, wo der kleine Fuchs auf seinem Schemel thronte. Hinter dem Wirt stand ein Holzregal mit ein paar Flaschen, die Auswahl war gering. Die Wand neben dem Eingang war kahl bis auf einen Spielautomaten und einen für Zigaretten, auch hier mit geringer Auswahl, die Gäste sollten gefälligst rauchen, was da war. Eine alte Musikbox stand in der Ecke am offenen Ende der Theke. Zwei Lampen mit staubigen Glastrichtern hingen über der Theke, und links daneben baumelte ein Fisch aus Pappe und Draht, früher offenbar recht bunt gewesen, jetzt mattgrau unter der Last des Staubes. Drei Tische standen an den Wänden verteilt, mit Holzstühlen der einfachsten Sorte. Ein Wartesaal vierter Klasse nach Abfahrt des letzten Zuges.

Und hier, zwischen diesen Leuten, verkehrte der Greis.

Barbara sah auf. Der Wirt hatte ein Glas vor sie hingeschoben, weißer Schnaps bis zum Rand. Alle hatten sie solche Gläser.

Der Anwalt hob seins hoch und wippte auf den Zehen. »Ihr Rechtgläubigen«, begann er, »ich darf dieses Glas zum Anlaß nehmen, eine Dame in unserem Kreise zu begrüßen. Es mag zwanzig oder auch mehr Jahre her sein, daß wir zum letzten Male eine Dame hier begrüßt haben – sie gehen meistens vorbei, woandershin – zum Diner – während uns der Hunger und die Not aus den hohlen Augenhöhlen springen – Freunde, was verschlägt's – der Edelmann stirbt entweder, oder er wird hingerichtet –«

»Der Ritter zog vom Leder – halt, oder stirb entweder!« murmelte Schulz.

»Richtig! Sehr richtig – halt, oder stirb entweder – du sagst es – unser Altersheim ist die Pistolenkugel – net wahr – die bleibt uns immer – vergänglich ist alles – aber Schönheit bleibt –«

»Ewig bleibt die Schönheit!« Der uralte Doktor Meise reckte die Arme gegen den Staubfisch. Seine Gelenke knarrten leise. »O Mädchen, ihr Träume von Göttern – zehntausend Jahre lebe ich schon und liebe euch noch –«

»Zehntausend langt jarnich«, kläffte der kleine Fuchs.

»Die Schönheit bleibt«, fuhr der Anwalt fort, »immer bleibt

etwas – semper aliquid haeret, wie der Lateiner sagt – aber in diesem Glas soll kein Tropfen hängenbleiben – ich leere es auf den Sonnenstrahl, der in dieses Nachtasyl gefallen ist – schließt euch an, Asylanten – Jakob – du hast Mut bewiesen – ein ungewöhnlicher Vorgang bei dir – um so anerkennenswerter – zum Wohle! Zum Wohle!« Er wippte noch einmal, verneigte sich, goß das Glas hinunter.

Die anderen taten das gleiche.

Schulz und der Wirt sahen Barbara nicht an, nur der Alte und Fuchs und der Feigling hoben die Gläser gegen sie, und Zahmeis brüllte: »Die Weiber sind ein Mißgriff der Natur! Wo ist mein Richtschwert?«

Barbara trank aus. Der Schnaps drang heiß in ihren Magen. Sie blies die Backen auf. »Uhh! Der hat es in sich!«

»Hier ist doch kein Kindergarten«, brummte Schulz. Eine Wolke taumelte um sein Haupt.

»Herr Schulz! Ich bin neunzehn!«

Der Statiker hielt seine Zigarre gen Himmel. »Neunzehn! Sie ist neunzehn! Sie wagt noch, mit dieser Zahl zu protzen, mit diesem Kleinkindalter! Wir sind zusammen über dreihundert Jahre alt, und sie ist neunzehn! Eierschalen hat sie noch am Hintern!«

»So ist es!« Zahmeis krähte wieder. »Eierschalen! Eine Henne!« Er erhob sich von seinem Tisch. Seine Beine hingen an ihm. Er torkelte auf eine Tür zu.

»Platz dem Landvogt!« schrie Fuchs hinter ihm her. »Fall nicht rein! Das letzte Mal haben wir drei Stunden gebraucht, um dich rauszukriegen!«

Barbara sah den Feigling an. Er hob bekümmert die Schultern. Sie stieß sich von der Theke ab und ging zur Musikbox. Wo war sie hingeraten?

Als sie zwischen den vergilbten Etiketten herumsuchte, spürte sie, wie sich eine leichte Hand auf ihre Schulter legte. Es war der Uralte.

»Mein gutes Kind«, sagte er. Er sprach mit leiser, singender Stimme. Seine Augen waren an der graugelben Decke. »Das sind alles nette Leute. Glauben Sie einem Sterbenden.«

»Sind Sie krank?« fragte Barbara.

Er schüttelte milde den Kopf. »Nicht krank, liebes Kind. Seit zehntausend Jahren sterbe ich und werde neu geboren. Meine Väter sind die Götter Griechenlands.« Er zeigte mit seinem verwelkten Finger in eine Ecke, als wären sie dort zu sehen. »Das hier sind alles Priester einer besonderen Religion, und hier ist ihre Kapelle.«

»Saufen! Schöne Religion!«

»Aber nicht doch! Alkohol ist nur das Medium, in dem sie schweben. Ihre Religion ist die Einsamkeit. Sie nennen es den Preis für die Freiheit. Ich kenne ihren Irrtum, aber ich widerspreche ihnen nicht. Wollen wir uns an den Tisch setzen?«

»Gern«, sagte Barbara. Der Alte schien vernünftig, trotz seiner zehntausend Jahre und seines ewigen Sterbens.

Der Feigling sah, wie sie sich zum alten Meise setzte. Gut. Der war noch am friedlichsten. Zahmeis kam zurück, plumpste auf seinen Stuhl. Der Feigling blickte über alle Gesichter. Wuck, Schulz, Meise, Carls, Fuchs, Zahmeis. Der Meister war unter ihnen, ohne Zweifel, er wollte wissen, wer Barbara war, er wollte alles wissen. Wer von ihnen war es? Er selbst war es nicht. Nur das wußte er mit Sicherheit. Es hatte nicht viel Sinn, darüber nachzudenken. Außerdem gehörte es zu den Satzungen des Vereins, sich nicht um den Chef zu kümmern. Niemand brauchte vom anderen mehr zu wissen, als unbedingt nötig war. Oder es konnte ihm gehen wie Willy.

Er telefoniert mit uns, dachte Jakob. Andauernd. Kein Mensch hier hat so eine Stimme. Wie macht er das?

Der Feigling schüttelte sich, trank sein Bier aus und ging hinaus zur Toilette. Hinter ihm knarrte die Tür noch einmal. Walter Schulz.

»Wer ist die?« fragte er neben ihm.

»Bekannte.«

»Findest du es gut, sie herzubringen?«

»Meisterchen wollte sie sehen.«

»Hm.«

Am Waschbecken fragte Walter: »Willy?«

»Gestrichen«, sagte der Feigling.

»Verdammt!«

Sie gingen zurück ins Lokal.

Barbara stand wieder an der Musikbox und suchte Platten. Meise saß allein am Tisch und träumte. Der Feigling ging zu Barbara. »Findest du was Richtiges?«

»Ich schon.«

»Gefällt dir's hier?«

»Nein.«

Er nickte vor sich hin und ging zur Theke. »Bier und zwei große, Fritz.«

Carls schlug ihm auf die Schulter. Seine Iltisaugen blinkerten.

»Sehr beachtlich, sehr beachtlich. Hätte gar nicht gedacht, daß du so was noch schaffst. Als Hochzeitsgeschenk darf ich das Honorar für die Scheidung überreichen.«

Fuchs kicherte. »Auf die kalte Art hat er sein Jeld immer noch wiedergekriegt.«

»Behalt es gleich«, antwortete der Feigling.

»Wohl gesprochen«, sagte Schulz. »Heiraten sollten nur rüstige Persönlichkeiten.«

»Heiraten!« Der Wirt lachte kurz und trocken. »Mei! Eher tät ich in den Abort springen und abziehen! Verreckt und Kaffeehaus!«

Der Schnaps plätscherte in die Gläser.

Der Feigling sah erschrocken zu Barbara hinüber. Sie schien nichts gehört zu haben. Im gleichen Augenblick setzte die Musik ein mit »Hallo, Mary Lou«. Gottlob, eine Geräuschkulisse.

Barbara kam zur Theke. Sie nahm das Schnapsglas und trank. Das Zeug schüttelte sie wieder, aber es milderte den Eindruck der Kneipe und ihrer Insassen. Dem alten Doktor hatte sie erzählt, wer sie wäre und wie sie Jakob Hase kennengelernt habe. Auch sie hatte einiges erfahren. Die ganze Bande kam nur am Sonnabend hier zusammen, sonst erschienen sie einzeln und unregelmäßig. Der Greis war nicht oft hier, höchstens einmal in der Woche. Nur Schulz trank jeden Abend seine Biere, und der verrückte Zahmeis schien mehr Zeit hier zu verbringen als in seinem Duftladen. Dafür war kein anderer Gast gekommen, solange sie im Lokal war.

Die Musikbox kreischte mit der nächsten Platte. Ringsum wurde mehr und schneller getrunken. Der Qualm wurde dichter. Schulz' Zigarre glühte wie ein Hochofen. Er wiegte sich im Takt auf seinen Plattfußlatschen.

Jakob trank still in sich hinein. Der Wirt stand unbeweglich, mit funkelnder Brille.

»Greis«, sagte Barbara. »Willst du noch fahren, wenn du so weitersäufst?«

Er schüttelte schwach den Kopf. »Nein. Bleibt stehen. Bleibt immer stehen am Sonnabend. Ist es nicht anders gewohnt. Ist schon M-Moos an den Rädern hochgewachsen.«

»Bleibst du noch lange?«

»Ich lasse die Kameraden nicht im Stich.«

»Wohl! Wohl gesprochen, Freund!« Schulz übertönte den Krach der Musik. »Laßt Greise und Weiber zagen! Zeus ist gerecht!« Er wechselte über zu Wallenstein und umarmte den Greis. »Oh, sieh da, Butler! Das ist noch ein Freund! Komm an mein Herz, du alter Kriegsgefährt! Der Alte hat dem Kaiser mich verraten. Was sagst du?«

»Es ist eine unsägliche Schweinerei«, sagte der Greis. »In einem Feldbett haben wir geschlafen – aus einem Glas getrunken –«

»Das sieht man!« Es war Barbara. Schulz ließ den Greis los. Langsam wandte er sich nach ihr um. Sein Gesicht verhieß nichts Gutes. Aber er kam nicht zum Sprechen.

Barbara sank an sein Hemd und hielt sich an den Jackenaufschlägen fest. Ihre Stimme bebte vor Ergriffenheit. ». . . einen Bissen geteilt; ich stützte mich auf ihn, wie ich auf deine treue Schulter jetzt mich stütze, in dem Augenblicke, da liebevoll vertrauend meine Brust an seiner schlägt –«

Der Statiker blickte milder. Er legte einen Arm um das Mädchen, schwenkte die Zigarre mit dem anderen. »Ersieht er sich den Vorteil, sticht das Messer mir listig lauernd, langsam in das Herz!«

Er ließ sie los. »Nun – sie kann wenigstens ihren Schiller! Wenn sie auch erst neunzehn ist. Ihr sei verziehen! Fritz – eine Runde!«

Der Schnaps kam. Alle tranken. Danach war Barbaras Entschluß gefaßt. Sie zog den Feigling zur Tür.

»Greis – ich will jetzt gehen!«

»Wirklich?«

»Ja.«

Er sah sie wieder so traurig an, wie schon oft.

»Kommst du mit?«

»Ich – ich kann nicht, Bärbel . . .«

»Gut. Wiedersehen.«

Er versuchte sie festzuhalten mit schlaffen Fingern. »Bärbel – bitte – geh zu mir – warte auf mich – bitte!«

Sie zögerte, wollte sich weigern. Ach was, er war blau. »Gut. Schlüssel her.«

Er gab ihr den Ring mit den Schlüsseln.

»Der vom Auto dran?«

»Ja.«

»Dein Glück.«

Sie wollte es kurz machen. Sie trat in die Mitte, winkte mit den Händen nach allen Seiten. »Wiedersehen! Auf Wiedersehen! Vielen Dank, Herr Wirt! Es war großartig. Viel Spaß noch.«

Ein vielstimmiger Chor brüllte hinter ihr her. Sie war durch die Tür, bevor einer sie aufhalten konnte. Mit einem letzten Blick sah sie den alten Doktor am Tisch. Er schien immer noch zu träumen, aber durch einen Lidspalt sahen seine halb erloschenen Augen zu ihr hin.

Der Feigling kam zwei Stunden später. Barbara machte ihm auf. Er roch widerwärtig nach Alkohol. Seine Augen glänzten trüb wie die des Anwalts in der Kneipe. Das Gesicht war älter, zerflossen, auseinandergelaufen, mit roten Flecken. Seine Krawatte war verschoben, das Hemd stand offen am Hals. Er atmete schwer, und bei jedem Atemzug vermehrte sich der Gestank.

Sie wandte sich ab. »So – nun kann ich ja gehen.«

Er blieb vor ihr stehen, aber er faßte sie nicht an. »Bärbel – noch ein bißchen – gleich kannst du fort – will dir nur sagen . . .«

»Was gibt es da noch zu sagen? Betrunken bist du. Wirklich, ein phantastischer Anblick, Herr Doktor!«

»Bärbel – es war doch nur der Frühsch ...«, er schluckte, hustete neue Dunstwellen aus.

Sie ging ins Zimmer und wartete, bis er saß.

»Ja. Es war nur der Frühschoppen. Die schöne Kneipe. Dreck, Qualm und schmierige Gläser.«

»Aber – meine Kumpels – die sind doch ...«

»Reizende Leute. Der schlampige Wirt, bei dem die Gäste trinken müssen, was er will. Zahmeis, der nachgemachte Napoleon, mit der Irrenanstalt im Hintergrund. Der Fuchs, dieses Abziehbild, mit dem Dialekt vom Wedding und den Witzen von 1950. Euer Kronanwalt, der seine Plädoyers an der Theke hält und wahrscheinlich meistens besoffener ist als die Leute, die er wegen Besoffenheit am Steuer verteidigen soll.«

»Richtig«, murmelte der Feigling mit schwerer Zunge.

»Klar. Und dieser Schulz! Schiller und ein dreckiges Hemd. Don Carlos mit Bauch und Plattfüßen und billigen Stumpen im Rachen. Der einzig Erträgliche ist noch der Tattergreis von Meise. Wenn er auch spinnt und über seinen eigenen Kalk stolpert. Die Welt am Sonnabend. Wunderbar.«

Der Feigling öffnete seine Augen etwas weiter. Es schien ihn anzustrengen. »Die Welt am Sonnabend.« Er murmelte wie vorher. Die Silben kamen einzeln. »Hm. Jeder hat seine. Deine ist vielleicht anders. Besser – weiß nicht. Weiß nicht.«

»Tauschen möchte ich nicht.«

Er sprach vor sich hin, als hätte er nichts gehört. »Jazzkeller mit Bartjünglingen.«

»Sympathischer als euer Altersheim.«

»Hm. Brauseflasche in der Hand. Hemingway in der hinteren Hosentasche. Vorträge über Existentialismus, wo alles mit offenem Maul lauscht und keiner was versteht.«

»Mehr als deine Busenfreunde garantiert.«

Der Feigling lächelte. »Ist auch keine Kunst. Nur – hä – verfluchter Schnapsgeschmack – sie tun wenigstens nicht so. Sie tragen auch keine Kettchen um die Knöchel und Kreuzchen auf der Brust. Sie markieren nicht Marlon Dean und James Brando ...«

»Marlon Marlon.«

»Ach so. Verzeihung. Ja. Das machen sie alles nicht. Alles nicht.«

Barbara stand auf. »Nein. Das machen sie alles nicht. Sie benehmen sich nur mit ihren vierzig und mehr Jahren noch wie Pubertäter. Rumstehen, saufen, blöde reden. Bei den Jungen geht's vorbei. Bei euch nicht. Und nun schlaf gut.«

Er riß die Augen ganz auf. »Du willst fort?«

»Du sagst es.«

Er wollte hochkommen. Es gelang ihm nicht. »Bärbel – bleib bei mir! Geh nicht weg.«

»Nein, mein Guter. Schlaf tut dir bestimmt gut. Und wenn es dir zu langweilig wird, gehst du einfach zurück. In die gemütliche Kneipe, zu wackeren Leuten.«

»Bärbelchen – bitte – nicht weggehen . . .«

»Doch. Sehr unterhaltsam bist du nicht. Und Schnaps habe ich heute früh genug gerochen. Tschüs.«

Er blieb sitzen. Sein verschwommenes Gesicht war todtraurig. Es tat ihr leid, aber sie wollte nicht zurück. Heute nicht.

An der Tür hörte sie seine Stimme. »Fahren wir morgen weg, Bärbel?«

»Kannst mich abholen.«

Dann ging sie. Er sagte nichts mehr, blieb sitzen, mit heruntergesacktem Kopf, und dachte nach.

Barbara war fünfunddreißig Minuten später in ihrem Zimmer. Auf dem Tisch lag ein gelbes Kuvert. Sie riß das Telegramm auf. Es waren nur zwei Streifen mit den groben Buchstaben und den Kreuzen dazwischen.

»Brauche dich dringend. Erwarte dich morgen. Gruß Vater.«

Der einsame Mann lächelte über den Schreibtisch hin. Niemand war da. Er lächelte das Telefon an. Ein verläßliches Gerät. Über der Sprechmuschel saß eine flache Walze aus Leichtmetall mit durchbrochener Oberfläche. Ein zweiter Draht führte dahin.

Ganz einfach und sinnreich, leicht abzunehmen und anzubringen. Das Ding verzerrte und veränderte die Stimme am Telefon, daß die eigene Mutter sie nicht erkannt hätte. Irgendein moderner Kram mit Transistoren und solchem Zeug, aber sehr nützlich in seinem Fall. Früher hatte man krächzen müssen wie ein schwindsüchtiger Rabe und war doch erkannt worden.

Der Mann nahm den Hörer ab und wählte. Er wartete geduldig, bis die Stimme kam.

»Ja.«

»Johann Jakob«, sagte der Einsame fröhlich. »Bist du es ganz leibhaftig?«

»Ja, Meisterchen«, sagte der Feigling.

»Fein, fein. Wie geht's gesundheitlich?«

»Kleiner Restspiegel.«

»Jaja, bei mir auch. Der Fusel wird immer schlechter. Hm – was ich sagen wollte – deine Barbara ist ein liebes Kind – wirklich ein liebes Kind.«

Der Feigling wartete.

»Ja. Habe sie betrachtet und einiges gehört. Ein brauchbares Mädchen, in der Tat. Hat nichts zu tun mit feindlichen Indianern. Man sollte trotzdem vorsichtig sein.«

»Das sollte man.«

»Doch. Denke da an die Story mit Gustav seiner Millie. Das war aber ärgerlich.«

»Das war es«, sagte der Feigling.

»Hm. Na, sie wird wohl nicht immer zum Frühschoppen kommen, wie?«

»Glaub nicht. War nicht sehr begeistert.«

»Verständlich, verständlich.« Der einsame Mann murmelte, sah aus dem Fenster. »Alte Leute, Schnaps, Gegröle – nichts für junges Blut. Scheußliches Milieu. Sag mal, Jakob . . . willst du sie heiraten?«

Von drüben kam kein Geräusch. Der Feigling schien nicht zu atmen. Der Einsame wartete, lächelte, bewegte sich nicht.

»Ich weiß nicht, Meisterchen – eigentlich nicht – aber –«

»Aber möglich wäre es, wie?«

»Möglich wäre es.«

Der Meister nickte vor sich hin. Er wechselte den Hörer um an das linke Ohr. Seine Hand ergriff einen Bleistift, malte auf einem Block herum. »Natürlich, natürlich, Jakob. Habe auch schon daran gedacht, endlich in den heiligen Stand der Ehe zu treten. Ordnung. Häuslichkeit. Regelmäßige Mahlzeiten. Frohes Kinderlachen. Weihnachten im Schoße der Familie. Andere Steuergruppe. Alles ausgezeichnet.«

Er hörte auf zu sprechen.

Der Feigling schwieg.

»Tja«, sagte der Einsame nach einer Weile. »Alles wunderbar. Nur – wir haben noch was zu tun, Jakob.«

»Ja.«

»Wir müssen erst fertig werden, und – das kann noch lange dauern, Jakob. Sehr lange.«

»Ja.«

»Hm. Ich sage es nur für den Fall, daß sie – ungeduldig werden sollte. Mädchen haben oft komische Vorstellungen. Ungeheuer komische. Wollen an den eigenen Herd, weg von Mama, wissen, wo man hingehört, Sicherheit zuerst und so weiter.«

»Richtig«, sagte der Feigling.

»Ja. Sonderbares Geschlecht, das. Weißt du – wenn wir fertig sind, dann – dann wäre es möglich, daß unser Verein aufgelöst wird – vorzeitiger Ruhestand sozusagen – sind ja nicht mehr die Jüngsten, leider nicht – alt – Gicht in den Knochen – ja – Hämorrhoiden – ungeheuer lästig, das. Dann kann jeder seinen Leichnam in die Sonne legen und auf die Rente warten – ich sehne mich auch jeden Tag nach einem Häuschen mit vielen Büchern im Schrank und vielen Flaschen im Keller – Legionen von Flaschen – ja. Aber bis dahin müssen wir – leider – verstehst du?«

»Vollkommen. Keine Sorge.«

»Ich weiß, Jakob. Wollte dich nur erinnern – bei der Gelegenheit – ja. Sonst ist nichts weiter. Pfleg deinen Restspiegel. Wiederhören, mein Lieber. Wiederhören. Wiederhören.«

»Wiederhören«, sagte der Feigling.

Der Mann legte den Hörer behutsam zurück. Er sah aus dem Fenster in die Sonne, dann hinunter auf den Schreibblock vor ihm. Er hatte einen großen Sarg gemalt mit einem kleinen Männchen darin. Er lächelte noch immer.

Am anderen Ende der unsichtbaren Leitung stand der Feigling. Er sah die Turmuhr an der Kirche, es war halb zehn. Sonntag früh. Er ging zu seinem Bett zurück, legte sich wieder hin. Bald würde er hoch müssen und Barbara abholen.

Barbara.

Der Chef hatte recht. Erst die Arbeit, dann das Vergnügen. Die Arbeit mußte getan werden. Und dann? Heiraten? War das das Richtige für ihn? Wahrscheinlich waren sie alle ungeeignet, längst verdorben, nichts mehr rückgängig zu machen. Barbara würde ihn nicht wollen. Und er? Konnte sich alles von selbst erledigen. Wer tot war, brauchte nicht zu heiraten, konnte kein Rentner mehr sein mit Büchern und mit vielen Flaschen im Keller.

Meisterchen hatte Barbara beobachtet und einiges erfahren. Nur mit Meise hatte sie gesprochen, mit niemandem sonst. Meise? Ach was.

Der Meister telefonierte gern, er hatte längst alles von Meise gehört, er saß irgendwo und plante und überlegte und konnte warten.

Der Feigling schloß die Augen. Er sah Barbara, die ganze Figur, von den aufgepusteten Haarfedern bis nach unten, sehr deutlich in dem roten Schimmer hinter den Lidern. Man sollte an den ganzen Quatsch nicht denken. Es war Sonntag, sie fuhren zusammen weg, eine andere Strecke würde er nehmen und sie mit dem gestrigen Tag versöhnen. Er hörte zehn Schläge der Uhr durch den leisen Lärm von der Straße und kam mit einem Ruck hoch. Bloß nicht pennen.

Als er fertig war und sich rasiert hatte, klingelte das Telefon zum zweitenmal an diesem Morgen.

»Greis«, sagte Bärbel. Ihre Stimme war kurz, kühler als sonst. Als wollte sie nur etwas ausrichten. »Du brauchst mich nicht abzuholen.«

Lange Übung machte, daß man am Telefon ruhig blieb. Der Feigling setzte sich, sprach ganz normal. »Nicht? Was ist? Kater?«

»Ich muß nach Hause. Mein Vater hat telegrafiert.«

»So plötzlich?«

»Alles geht plötzlich bei ihm.«

»Bärbel«, sagte er langsam, »wenn du mir böse bist wegen gestern – ich meine, wenn du nicht mitwillst – Ausreden wären nicht nötig . . .«

»Es ist keine Ausrede«, sagte sie heftig. »Glaubst du, ich würde es nicht sagen, wenn ich nicht wollte?«

Er lächelte. Natürlich. »Nein, nein, Unsinn . . . ich hatte mich so gefreut.«

»Ich auch.« Jetzt war es besser mit ihrer Stimme. »Es geht nicht. Ich muß hin.«

»Du weißt nicht, was es ist?«

»Nein.«

»Soll ich dich zum Bahnhof fahren?«

»Brauchst du nicht. Langt auch nicht mehr. Ich nehme 'ne Taxe. Aber abholen kannst du mich: Ich telegrafiere.«

»Gut. Bärbel?«

»Ja?«

»Bist du mir noch böse?«

»Nein. Wiedersehen.«

»Dank dir schön. Gute Reise. Paß auf dich auf. Wiedersehen.« Dann saß er allein da mit dem schweigenden Hörer. Es war alles zum Kotzen.

Das Arbeitszimmer war nicht sehr groß. Aber man konnte ahnen, daß es das Zentrum war, von dem aus die Familie ernährt und regiert wurde.

Ihr Vater sah aus wie immer.

Die Mischung aus Generaldirektor und Spaßmacher, ein joviales Gesicht voller Wohlwollen, wenn ein Gast eingeführt wurde oder ein junger Mann sich um eine Stellung bewarb, und ein Pokergesicht aus Stein in der nächsten Sekunde, wenn eine Entscheidung erzwungen werden mußte. Er war eine Persönlichkeit. Barbara hatte ihn immer geliebt. Er war über sechzig, und die Mädchen sahen nach ihm wie früher. Barbara dachte an den Greis, und daß er das nie schaffen würde. Weder das Aussehen noch das Vermögen.

»Also«, sagte er freundlich. »Da bist du ja. Ausgeschlafen?«

Sie war am späten Abend angekommen. Ihre Mutter hatte sie gesprochen, ihn nicht mehr. Sitzung und irgendwas.

»Danke, Paps. Ja.«

»Sehr schön.« Es würde sofort losgehen, sie wußte es. Aufenthalt liebte er nicht. »Setz dich. Nein – neben mich . . . nicht hinter den Schreibtisch! Bist doch kein Kunde!« Er griff nach einem Ordner, blätterte darin. »Wo hab' ich's denn . . . das ist . . . ja . . . hier . . .« Er zog einen Brief heraus, die Blätter steckten senkrecht im Umschlag, er faltete sie auseinander, aber Barbara konnte nichts lesen.

»Der Jens hat mir geschrieben. Weißt du, dieser junge Mann, den wir . . .«

»Ich weiß.« Eine Welle lief über ihr Gesicht, die Abwehr spannte sich über sie wie ein Schirm.

Jens.

»Ja. Wie ich dich kenne, wirst du nicht begeistert sein. Es läßt sich auch darüber streiten, ob er das Richtige getan hat oder nicht . . .«

»Darüber läßt sich nicht streiten.«

Fröhliche Falten waren in seinem Gesicht. »Vor allem wollen wir uns nicht streiten, mein Kind. Dazu sehen wir uns zu selten. Also er schreibt . . . wo ist es . . . hier . . . du hättest da einen Mann, vierzig, Beruf unbekannt.«

»Schriftsteller.«

»So? Aha. Interessant. Ja . . . und ihr wäret immer zusammen, äh . . . du warst auch schon über Nacht bei ihm.«

»Du brauchst nicht weiter zu lesen.«

Er hob die Hand. »Augenblick, Augenblick! Wie gesagt, man kann zu der Methode von Herrn Jens stehen, wie man will . . . ich schätze sie zum Beispiel nicht . . . es klingt so nach: ›Herr Lehrer, die Barbara hat abgeschrieben‹ . . . und natürlich fehlt auch der Hinweis nicht, daß er sich in völliger Selbstlosigkeit zu diesem Schritt entschlossen hätte, einzig bewegt von der aufrichtigen Sorge, und so weiter, und so weiter . . . alles geheuchelter Blödsinn . . . kurzum, was ich wissen möchte – stimmt es?«

»Ja«, antwortete Barbara. Sie schämte sich nicht, hatte nur ein bißchen Furcht. Trotzdem war sie gespannt. Es war nie langweilig, sich mit ihrem Vater zu unterhalten.

Er legte den Brief auf den Tisch. »Wollen wir rauchen?«

Das war typisch. Sie nickte.

»Hol uns eine vom Rauchtisch. Brenn meine mit an.«

Er sah ihr zu, immer mit dem gleichen Lächeln, bis sie wieder saß.

»Ist er verheiratet?«

»Nein.«

»Weißt du das genau?«

»Ja.«

»Irrtümer sollen vorgekommen sein.«

»Bei ihm weiß ich es genau.«

Ihr Vater nahm sein Kinn in die Hand. »Sieh mal . . . ein Mann von Vierzig macht sich's leicht. Bekanntlich soll dann das Leben anfangen, ich kenne das. Für den ist ein Mädchen von neunzehn eine feine Sache.«

»Jens behauptet das Gegenteil«, sagte sie bitter.

»Jens ist ein Idiot«, erwiderte er trocken.

»Aber besser wäre es, wenn ich mich mit ihm abgeben würde. Weil er jung ist.« Ein Teil von Kampfgeist erwachte.

»Gut ist es nicht unbedingt. In keinem Fall.« Er sprach leise, konzentriert, als hätte er einen mächtigen Mann und ein wichtiges Geschäft vor sich.

»Natürlich kann ich nicht sehen, was du machst. Natürlich will ein Mädchen leben, wie man so sagt . . . sogar die eigene Tochter. Natürlich geschehen jeden Tag auf der ganzen Welt unerlaubte Dinge . . . überall. Die Frage ist, ob man sie deswegen erlauben sollte.«

Barbara schwieg.

»Wie heißt er?«

»Hase«, sagte sie leise. »Jakob Hase. Er . . . schreibt unter Hare. Jonathan Hare.«

»Nie was gelesen.«

»Ich auch nicht.«

Sie lachten beide.

Barbara liebte ihren Vater.

»Na, ich lese ja auch nicht viel. Will er dich heiraten?«

»Wir haben nicht darüber geredet.«

Er nickte. »Kann ich mir denken«, sagte er im gleichen Tonfall, in dem er vorhin über Jens gesprochen hatte. »Ihr werdet auch nicht darüber reden.«

»Ich will gar nicht.«

»Auch wenn du wolltest.«

»Weil er nicht daran denken wird. So bequem kriegt er es nie wieder. Wenn er noch nicht verheiratet ist, warum sollte er jetzt damit anfangen? Ich kenne Männer. Sehr viele. Ich kenne auch mich.«

»Vielleicht schließt du zu sehr von dir auf andere . . .«

»Von mir, wolltest du sagen. Vielleicht. Willst du drei Jahre vertrödeln und dann von vorn anfangen?«

»Soll ich denn jetzt schon heiraten? Mit neunzehn?«

Er hörte auf zu lächeln. Ganz langsam. Barbara bekam Angst.

»Hast du jemals daran gedacht, daß ich etwas anderes mit dir vorhaben könnte?« fragte er.

»Was?«

»Was? Eine Familie. Eine Familie, die zu uns paßt, in unseren Kreis.«

Barbara überwand ihre Furcht. Damit war nichts zu erreichen.

»So ging's früher bei Hofe zu«, sagte sie.

»Ja. Ganz richtig. Es war nicht immer das Schlechteste.«

»Und wen suchst du mir aus? So ein Gummimännchen wie Jens?«

»Jens ist ganz unwichtig«, sagte er. »Mit diesem Brief hat er alles getan, was er zu tun hatte. Und ein Gummimännchen, wie du dich auszudrücken beliebst, suche ich dir nicht aus.«

Sie sah an ihm vorbei, mit bösem Gesicht, voller Trotz. Er merkte, wie sehr sie seine Tochter war.

»Warum hast du mich dann erst weggeschickt? Zum Studieren? Es war doch klar, daß ich jemanden kennenlerne, eines Tages. Soll ich Nonne spielen?«

»Du sollst dich vernünftig benehmen. Hast du dir überlegt, was passiert, wenn du ein Kind kriegst?«

Sie hatte es sich noch nicht überlegt. »Er würde mich heiraten.«

»Er wird den Teufel tun, mein Kind.«

»Das glaube ich nicht.«

»Das weiß ich.«

Es war still für ein paar Sekunden. Barbara spürte, wie sie traurig wurde. Wenn er doch wieder lächeln würde!

Er lächelte. »Paß auf, Mädchen. Folgender Vorschlag: Du fragst ihn mal. Ganz einfach. Ich kenne ihn nicht und weiß nicht, ob ich ihn nicht sofort hinauswerfen würde ... aber davon abgesehen ... du fragst ihn mal. Und dann schreibst du mir, was er gesagt hat. Ist das ein Wort?«

»Aber ... Paps ... natürlich ... aber ich will ihn doch gar nicht heiraten ... hab' nie daran gedacht ...«

»Egal. Fragen kostet nichts bekanntlich.«

Sie kaute an der Lippe. »Gut. Ich tu's.«

»Wunderbar.« Er straffte sich etwas, drückte seine Zigarette aus. Sie kannte das. Die Sitzung war geschlossen. Die Entscheidung wurde verkündet.

»Wann willst du zurück?«

»So schnell wie möglich. Ich hab' doch Vorlesungen.«

»In Ordnung. Kannst morgen wieder fahren. Bleib heute noch bei Mutti. Und dann schreibst du mir. Dem Jens antworte ich nicht. Mach mit ihm, was du willst. Wird dir schon was einfallen. Schön. Dann sind wir fertig.« Er stand auf. Er stand immer auf, auch bei ihr.

Sie küßte ihn auf die Stirn, unter das Haar, das nun schon weiß war und alt. »Wiedersehen, Paps. Danke.«

Sie war an der Tür.

»Bärbel!«

»Ja, Paps?«

Er hatte das Pokergesicht, als verabschiedete er einen Fremden.

»Es wird wie eine Phrase klingen. Ich meine es gut mit dir. Und mit uns. Ich lasse dir Zeit, dir einen Mann zu suchen. Nur nicht zu lange. Dann suche ich dir einen. Das ist ganz sicher, Bärbel. Ganz sicher.«

Sie nickte mit großen Augen. Sie schloß schnell die Tür hinter sich.

Der Feigling stand am Gitter neben der Sperre. Barbara sah ihn sofort, als sie ausgestiegen war. Er war nüchtern und sah einigermaßen anständig aus. Einen kleinen Blumenstrauß hielt er so, daß man ihn kaum sehen konnte.

»Begrüßungsbier?« fragte er.

»Nein. Ich bin müde. Können wir zu dir fahren?«

»Auch da wird sich eins finden«, sagte er.

Sie blieb still während der Fahrt. Er fragte erst oben, nachdem er eingeschenkt hatte. »Was Peinliches?«

»Jens hat meinem Vater geschrieben. Wegen uns.«

»Ach.« Es schien ihn zu amüsieren.

»Ich finde das nicht komisch.«

»Nein, nein . . . ich freue mich nur immer, wenn ich auch mal recht habe. Hat er doch was inszeniert, der gute Junge. Was hat Papa gesagt?«

»Daß du mich niemals heiraten würdest.«

Sie wartete.

Er hob seinen Kopf an, sie sah einen unglaublich dummen Gesichtsausdruck, schafsähnlich geradezu. »Wie kommt er denn auf die Idee . . . ich meine, daß wir heiraten sollen?«

»Wir sollen gar nicht«, erwiderte sie laut.

»Na also. Was will er dann?«

»Stellst du dich so dumm, oder bist du es?«

»Wahrscheinlich das letztere«, murmelte er.

»Er will, daß ich mich mit Männern abgebe, die mich auch heiraten würden. Kapierst du das?«

»Natürlich. Er hat vollkommen recht. Würde ich meiner Tochter auch empfehlen.«

»Sehr freundlich von dir, daß du die Sache so witzig nimmst! Ich quäle mich auf der Bahn herum, hin und zurück, jedesmal sechs Stunden, muß mir das zu Hause anhören . . . und du machst dumme Witze!«

»Entschuldige, Bärbel . . .«, er wollte nach ihrer Hand greifen, sie nahm sie weg, ». . . wollte keine Witze machen . . . beinahe hätte ich gesagt, das kommt mir so plötzlich . . . aber ich hätte doch nicht im Traum daran gedacht, daß du heiraten willst . . . ich meine, mich . . .«

»Das will ich auch gar nicht«, sagte sie gereizt.

Er atmete tief. »Na also! Dann weiß ich nicht, was . . .« Er wollte sie mit System ärgern, das war offenbar.

Sie nahm sich zusammen.

»Hör zu! Er will, daß ich bald heirate. Geordnetes Leben, Familie, Kinder und so. Ich soll mich nicht verplempern. Das ist alles.«

Er sah sie an, mit einem blöden Gesicht von zustimmender Nachdenklichkeit. »Ja, das ist im Prinzip völlig richtig . . . völlig . . . ich mein' das ganz ernst, Bärbel . . . aber warum hat er's auf einmal so eilig? Du bist neunzehn, hast angefangen zu studieren . . . was soll die unchristliche Hast . . .«

»Er hat es nicht so eilig. Er hat was gegen dich.«

Der Feigling starrte in sein Bierglas und dachte an den Meister. Der Alte kam seinen Bestrebungen durchaus entgegen, durchaus. Alles sollte so sein.

»So? Na ja. Aber . . . ich verstehe das wirklich nicht . . . du heiratest eines Tages ganz bestimmt . . . zur alten Jungfer bist du nicht geeignet, überhaupt nicht . . . es ist doch ganz wurscht, mit wem du dich in der Zwischenzeit herumtreibst . . . ich versuche doch, mich einigermaßen anständig zu betragen . . .«

»Aber du würdest mich nicht heiraten.«

Sie wollte es wissen. Immer hatte ihr Vater recht behalten, immer.

Er schwieg. Dann trank er einen Schluck. Noch einen. Er setzte das Glas hin. Langsam hob er den Blick, als schiene ihm jede Sekunde kostbar, die er gewann. »Bärbel, ich . . .«

»Würdest du es tun?«

Er sah zur Seite. »Wenn du mich fragst . . . nein, ich hab' doch nie . . .«

»Du hast nie im Traum daran gedacht. Ich weiß. Du wiederholst dich. Warum nicht?«

»Ich bin doch viel zu alt . . . doppelt so alt wie du . . . wenn du vierzig bist, fahre ich im Rollstuhl herum . . .«

»Weiter!«

»Ich . . . ich bin gar nicht geeignet zu so was . . . viel zu lange eingefahren in meine Tour . . .«

»Viel zu egoistisch.«

»Ja, sicher, auch das. Ich hab' mich dran gewöhnt, für mich allein dazusein, wenn du das meinst . . . ich bin nicht der Mann dafür, glaub mir das . . . ich kann das auch finanzlich nicht, finanziell meine ich . . .«

Entsetzlich, wie er schwafelte.

»Sieh mal, mit meiner Schreiberei, das ist eine verflucht unsichere Geschichte . . . mal kommt was, dann kommt nichts . . . nicht jeden Ersten, wie beim Katasteramt . . . für mich allein langt es, aber heiraten . . . da muß ich viel mehr arbeiten, und wenn man schreiben muß, dann wird es nichts, und man bringt erst recht nichts los . . . dein Vater würde sich bedanken. Leute, die nur hinter seinem und deinem Geld her sind, muß er schon genug gesehen haben . . . du hast es selber gesagt . . . möchte nicht auch in den Ruf kommen.«

»Du bist ein Feigling«, sagte sie. Sie sagte es ohne besondere Erregung. Das war es. Es war so sonnenklar, daß man sich nicht aufzuregen brauchte.

Er reagierte nicht. Er zuckte nicht zusammen, wurde nicht bleich. Als hätte sie etwas gesagt, das er längst wußte.

»Das ist möglich, Bärbel«, sagte er leise. »Immerhin bin ich so heldenhaft, es einzugestehen und uns beiden nichts vorzumachen. Ich hab' auch schon viele mutige Männer gesehen, die mit geschwellter Brust aus der Kirche kamen und dann mit krummem Buckel vom Scheidungsrichter . . . ich finde, wir passen gut zusammen . . . sollte man so ein nettes Verhältnis durch Heiraten kaputtmachen . . . wir waren doch bis jetzt zufrieden . . . ich hab' wirklich nicht geglaubt, daß du jemals auf solche Gedanken kommst . . . ich würde mich auch nicht wollen, wenn ich ein Mädchen wäre . . . ich hab' dich wirklich lieb, aber das würde ich niemals verlangen . . . verstehst du das nicht?«

»Doch.«

»Und jetzt, wo die Geschichte mit dem Jens passiert ist, der nur aus blanker Eifersucht dir und mir eins auswischen will, und dein Vater dir einen Vortrag gehalten hat, wie man sich als höhere Tochter zu benehmen hätte . . .«

Ihre Augen begannen zu funkeln. Er sah es nicht.

». . . jetzt fängst du davon an. Du willst es doch selbst nicht. Warum soll ich es dann wollen?«

Sie dachte an ihren Vater in seinem Arbeitszimmer und an seine Frage.

»Und wenn ich ein Kind bekäme?«

Er schlug die Handflächen aneinander. Zum erstenmal schien er sich zu ärgern. »Ach, Mädchen! Keine Frage auf der Welt wird so oft gestellt wie die! Bisher hast du's auch ausgehalten, ohne danach zu fragen!«

»Was tätest du?«

»Was täte ich? Ich weiß nicht! Keine Ahnung! Aber ich bin schließlich keine achtzehn mehr, und ich weiß wenigstens, was man tun kann, damit es nicht soweit kommt!«

»Du würdest mich auch dann nicht heiraten?«

Er öffnete den Mund, holte tief Luft. Jetzt sah er ihr gerade ins Gesicht. »Nein.«

Sie nahm ihre Zigaretten und ihr Feuerzeug vom Tisch. Er sah ihr zu, wie sie alles in die Handtasche tat.

»Bärbel«, fing er an. Seine Haut war jetzt weißer, schlecht durchblutet. »Hör mir zu. Wenn wir schon so weit sind . . . du als erschütterte Geliebte und ich als Feigling . . . ich hatte mir's anders vorgestellt, dich abzuholen . . . schön . . . ich sage dir die Wahrheit, auch wenn du es nicht für möglich hältst. Ich heirate dich nicht, und ich will kein Kind. Das ist es.«

Der Verschluß der Handtasche schnappte.

»Ist dir die andere Tour lieber? Die von den Jünglingen, die hinter deinem Rücken an Papa schreiben? ›Ach, Liebling, warte nur, das regeln wir schon, das wird schon, ich nehme dich bestimmt, wen sollte ich sonst nehmen, geh erst mal mit ins Bett, da kommen wir auf die besten Gedanken, keine außer dir liebe ich‹, und drei Monate später heißt es: Verzeihung, ein Irrtum, ich muß besoffen gewesen sein oder sonstwas! Ist dir das lieber?

Ich sag dir's gleich. Mehr kann ich doch nicht machen, verdammt noch mal!«

»Nein«, sagte sie. »Mehr kannst du nicht machen.«

An der Tür hielt er sie auf. »Bärbel. Warum haben wir uns gestritten? Warum streiten wir uns?«

Sie gab keine Antwort. Der Weg zur Korridortür war kurz. Viel kürzer als sonst. Die helle Wut packte den Feigling. »Gehst du zu Herrn Jens? Bedankst du dich für die freundliche Information? Streichst du ihm übers Haar und sagst: Vielen Dank, lieber Jens, du hast mir die Augen geöffnet, er ist doch ein Schwein, wie konnte ich nur so verbohrt sein, du hattest recht, in allem recht, ein Greis, ein Feigling, ein Lump, hätte ich nur auf dich gehört . . .«

»Genau«, sagte Barbara.

Die Ellenbogen taten weh, aber der Feigling merkte nichts davon. Er stand an der Theke. Es war Sonnabend, siebenundzwanzigster Mai, kein sehr guter Tag, schon vom Wetter her. Der Feigling hatte acht Doppelte getrunken, vier Biere, es war erst der Anfang. Der Wirt lächelte nicht. Die anderen grölten schon wieder. Schulz sprach Passagen aus Don Carlos. Der kleine Fuchs war die Prinzessin Eboli, genau konnte er den Text nicht. Carls wippte auf den Zehenspitzen, seine Augen waren rot und so fröhlich, als hätte er den Prozeß des Jahrhunderts gewonnen.

Von hinten schrie Zahmeis: »Wo ist Meise? Dieser Kadaver! Ich rieche verfaulendes Fleisch!«

Der kleine Fuchs lachte gellend. »Traurigsein hat keinen Zweck – ›Heimkehr‹ schafft die Leichen weg!«

»Hahaha! Sehr gut! Ausgezeichnet! ›Heimkehr‹! Fritz! Einen Schnaps für das Rindvieh! Feigling! Wo ist das Mädchen?« Seine Stimme splitterte an den Wänden hoch. »Man reiche sie mir! Heißgetanzt und lüstern! Eine Dynastie werde ich gründen! Das Verbrechen auf das Laster gestützt! Jawohl! Fritz! Bier!«

Schulz drehte sich langsam um. »Was is'n? Kommt sie nicht mehr?«

»Nein«, sagte der Feigling.

»Hm. Ist auch besser. Mulier taceat in ecclesia. Hm. Niedlich war sie schon. Die Beine. Hm. Und oben . . .«

»Hör auf«, sagte Jakob.

Schulz stieß seine Zigarre nach oben. »War vielleicht nicht nett zu ihr. Bin ich nie. Kennst mich, Friedrich! Gib uns einen für den Witwer.«

Hinten öffnete sich die Tür. Ein junger Mann sah herein, blond und mit leicht gewelltem Haar, vielleicht fünfundzwanzig. Seine Augen waren fröhlich. »Hallo!« sagte er.

Niemand antwortete. Niemand rührte sich.

Der junge Mann hielt die Tür auf. »Komm nur, Bärbel«, sagte er. »Die beißen nicht. Alles friedliche Bürger.«

Für einige Bruchteile von Zeit war es still, als wäre der Raum leer und niemand darin. Als erster bewegte sich Schulz. Er drehte sich langsam um seinen aufgestützten Ellenbogen. Sein Gesicht war finster. Jeder konnte hören, wie er an der Zigarette sog. Der Rauch stieß in geradem Strahl aus seinem Mund auf den jungen Mann zu. Dann sagte Schulz: »Friedrich! Ich habe den Eindruck, daß wir uns zurückentwickeln. Über die Halbstarkenkneipe zum Kindergarten.« Er schraubte sich um seinen Ellenbogen zurück.

Der junge Mann lächelte fröhlich. »Ist das 'ne Wärmehalle oder ein Lokal, Herr Wirt? Haben nur Pensionierte Zutritt?«

Das Gesicht von Herrn Friedrich Wuck bewegte sich so wenig wie das eines Marmordenkmals. »Jeder hat Zutritt, der sich anständig benimmt, Herr!«

»Ach, das schaffen wir schon«, sagte der junge Mann. »Komm, Bärbelchen . . . Tisch oder Theke?«

»Tisch«, antwortete Barbara. Die Tür fiel zu.

Zahmeis drehte den Napoleonkopf mit den glasigen Augen. »Da ist sie wieder! Meinen Dreizack her! Ich werde sie harpunieren!«

»Kiek eener an«, krähte der kleine Fuchs. »Hat den Mumm und kommt wieder her! Da staun' ick aber!«

Der Rechtsanwalt wippte auf und nieder. »Bei dem Begleiter! Kein Wunder! Kein Wunder!«

Barbara setzte sich. Es war der Platz, an dem beim erstenmal der alte Doktor Meise gesessen hatte, und jetzt merkte sie, daß er fehlte, als einziger. Sie nickte dem Wirt zu.

Dann sah sie in das Gesicht des Feiglings.

Er stand neben Schulz. Sein Gesicht war gerötet, einzelne Flecke erschienen schon, und die Lider bewegten sich träge. Betrunken war er. Widerlich besoffen.

»Das ist er«, sagte Barbara. »Neben dem mit der Zigarre.«

»Oh«, sagte Jens. Er betrachtete den Feigling mit höhnischer, verachtungsvoller Bewunderung. »Eine beachtliche Erscheinung. So gereift.«

Es ging unter in den Worten von Carls. Er hob sein Glas gegen den Tisch, machte federnde Verbeugungen. »Willkommen! Vielmals Willkommen!« Er wandte sich dem Feigling zu. »Mein lieber Jakob . . . der Tatbestand des Ehebruches scheint mir nahezu erfüllt zu sein! Nahezu erfüllt! Stehe im Falle gerichtlicher Weiterungen zur Verfügung! Gern zur Verfügung!«

Der Wirt war zum Tisch getreten. »Was möchten Sie trinken?«

Der junge Mann sah Barbara an. »Wollen wir?«

Die Brille blitzte. »Ich denk' schon, junger Herr. An Gästen, die nur dahocken und die Luft verbrauchen, hab' ich kein Interesse.«

»Zwei Biere und zwei Doppelte«, sagte Barbara.

Jens nickte mit ehrfürchtiger Miene. »Donnerwetter! Wirklich ein anheimelnder Ort! Er hat recht. Wo die Luft hier so knapp ist!«

Zahmeis kreischte wieder auf. »Fritz! Ein Bier! Ich will einen Verachtungsschluck trinken! Ein fremder Mensch an ihrer Seite! Haha! Vierspännig werde ich ihn zu Tode schleifen lassen. Vierspännig! Von vier erlesenen Hengsten! Jawohl!«

»Ach, halt die Fresse«, murmelte der Feigling.

»Nein!« schrie der kleine Fuchs. »Recht hat er! Ehebruch! Laß dich scheiden!«

Der Anwalt fuchtelte mit seinem Glas vor den Augen des Feiglings herum, vergoß Schnaps auf den Fußboden. »Bin bereit, die nötigen Maßnahmen zu ergreifen! Gegen Vorschuß, selbstredend! Wenn ich meinen Mund nur aufmache, kostet es dich bereits hundert Mark!«

»Mach ihn zu«, sagte der Feigling.

Schulz wandte das Haupt mit Löwenblick. »Du läßt es dir gefallen, daß sie mit diesem Embryo hier erscheint?«

»Ist mir scheißegal.« Der Feigling lallte etwas. »Fritz ... Doppelten!«

Der Wirt war am Tisch, stellte Bier und Schnaps vor Barbara und den jungen Mann. »Wohlsein!«

»Vielen Dank, Herr Wirt«, sagte Jens höflich. »Vielen Dank.«

Wuck sah ihn nicht an und gab keine Antwort. Sie stießen die Gläser zusammen. Barbara trank in einem Zug aus.

»Ich mach' ein bißchen Musik«, sagte Jens leise. »Vielleicht fangen sie an zu tanzen.« Er stand auf und suchte an der Box nach den Nummern, die er spielen wollte.

Der Feigling sah ihn stehen, er blickte zum Tisch. Barbara saß allein. Da nahm er sein Schnapsglas in die Hand und ging unsicher auf sie zu.

Der Feigling blieb an Barbaras Tisch stehen, unsicher, zögernd. Sie sah, wie er den Stuhl zurückzog und daraufrutschte.

»Sieh da«, rief der Anwalt, »sieh da! Er faßt sich ein Herz! Vielleicht gelingt es, das Paar zu versöhnen!«

»Denk an den Vorschuß!« plärrte Fuchs, der Steuerberater.

Der Feigling achtete nicht auf sie. »Bist – bist du noch bös?« Seine Hand verfehlte die ihre.

»Nein. Ich bin gar nichts mehr.«

»Warum bist du gekommen?«

Die Musik setzte ein. Nicht sehr laut, aber sie übertönte ihre Stimme und die Stimmen der anderen.

»Ich wollte euch vorführen.«

»Dem da?«

Jens war zurückgekommen. »Hallo, Alterchen! Sie sitzen auf meinem Platz!«

»Da ist noch ein Stuhl«, sagte der Feigling.

»Hat Sie jemand gebeten, sich hierher zu setzen?«

Der Feigling musterte ihn unter schweren Lidern. »Sie sind Jens?«

»Zu dienen, der Herr. Jens Zieler. Darf ich meine Frage wiederholen?«

Der Feigling nickte schwerfällig. »Sie dürfen. Niemand hat mich gebeten. Man tut oft was, worum man – nicht gebeten worden ist. Wer zum Beispiel hat Sie gebeten, so einen niedlichen Brief an Barbaras Vater zu schreiben? Wer?«

Die weichen Linien im Gesicht des jungen Mannes verschwanden. Alles wurde härter, auch seine schmalen Hände. »Sie werden furchtbar lachen, wie ich annehme. Mein Gewissen, wenn Ihnen bekannt sein sollte, was das ist.«

Der Feigling lachte furchtbar. Tränen von Schnaps liefen aus seinen Augen und zerstoben auf der Tischplatte. »Ach, nein. Das hab' ich mir gedacht! Das Gewissen! Ich würde eher sagen: Klein-Jens hat ein bißchen gepetzt! Er war eifersüchtig und wollte sich wichtig machen, weil er abgefahren ist bei diesem niedlichen Kind! Und das Ganze läuft unter Gewissen. Heiliger Jakob, bitte für mich!«

»Das wird auch nötig sein«, sagte Jens drohend. »Verschwinden Sie von unserem Tisch!«

Der Feigling hörte schlagartig auf zu lachen. »Unserem Tisch? Verschwinden Sie aus unserem Lokal, Sie Frühgeburt! Nehmen Sie die hier mit und schreiben Sie einen neuen Brief, wie recht Sie doch gehabt hätten . . .«

Zieler wollte aufspringen.

Barbara hielt ihn fest.

»Jens!«

»Laß nur«, sagte er zwischen den Zähnen hindurch. »Es paßt prima, dem Herrn Hase beizubringen, was er ist. Ein verdammter Schürzenjäger, der mit seiner Glatze immer noch hinter Mädchen herrennt und sie dann sitzenlassen möchte! Ein Feigling, der sich drückt, wenn es soweit ist! Ein besoffenes Schwein!«

Der Feigling lehnte sich zurück, grinste häßlich. »Großartig, mein Lieber! Völlig richtig! Besoffen. Sie werden das nicht schaffen, wenn Bärbelchen Ihnen kein Geld gibt! Halten Sie nur bald um ihre Hand an! Dann ist alles geregelt. Der Papa sucht einen Schwiegersohn. Ich schreib' ihm, es wäre einer da!« Er stand auf, schwankte leicht. »Wiedersehen, Bärbelchen! Vergiß nicht, für den Herrn zu bezahlen! Unser Wirt hat das nicht gern!«

Jens sprang auf. Seine Hand schoß vor, packte den Feigling an der Jacke. »Komm raus mit mir, du Armleuchter! Raus auf die Straße! Dann zeig' ich dir . . .«

Alle sahen auf. Der Wirt ging mit schnellen Schritten zur Box, stellte ab. »Schluß! Hier wird nicht gerauft! Auseinander!«

»Lassen Sie mich los!«

Der Feigling hatte einen ängstlichen Gesichtsausdruck. Barbara zitterte. Sie gönnte ihm die Niederlage, gönnte ihm Prügel, alles.

»Ich will hier nicht raufen«, sagte Jens mühsam. »Ich will, daß der Kerl mit rauskommt und schnell, wenn's geht!«

Der Feigling versuchte, die Hand abzuschütteln, die seine Revers zusammenhielt. »Hau ab!«

»Los!« Zahmeis kreischte wie ein Besessener. »Vernichte ihn! Einen Uppercut! Battling Levinsky, der Weltmeister im Halbschwergewicht! Kämpfte zwanzig Runden wie ein Sturmwind! Das Blut rieselte ihm über die Brust! Fritz! Bier! Nee, ich hab' ja noch eins!«

Der Feigling drehte sich ab, wollte die Hand wieder wegdrükken, wollte die Theke erreichen, um in Sicherheit zu sein. Da schlug Jens zu. Die Faust traf den Feigling genau auf den Mund. Er taumelte zurück, fiel gegen die Kante der Theke. Schulz wich zur Seite. Jens warf sich nach vorne, er war jünger, besser trainiert, größer als der andere. Der Feigling wehrte sich nicht, es sah aus, als wollte er den Kopf zwischen die Hände nehmen. Widerlich.

Jens schlug noch einmal mit der Linken. Der Feigling wich aus, der Schlag traf sein Gesicht nicht voll, aber er fiel herunter auf ein Knie.

»Hoch«, schrie Fuchs. »Hoch, Jakob! Gib ihm!«

Aber Hase kam nicht hoch. Jetzt sah Barbara es deutlich, er

wollte unten bleiben, wollte sich nicht wehren. Das war der Mann, mit dem sie sich abgegeben hatte. Sie spürte nicht, wie sie aufgesprungen war und Jens anfeuerte.

Der Junge riß den Feigling hoch, wieder an der Jacke. Der Stoff riß. Hase kam auf die Füße, mit krummen Beinen. Jens schlug mit aller Kraft zu, mitten in das linke Auge. Jakob Hase flog hintenüber, gegen einen Stuhl des Tisches, an dem sie gesessen hatten. Er blieb auf der Seite liegen, die Hände vor dem Gesicht, er bewegte sich nicht. Durch den Spalt seiner Finger fing er einen Blick auf, mühsam, sein Auge schloß sich. Er hatte es richtig gemacht, er mußte unten bleiben.

Jens atmete keuchend. Es war wieder so still wie am Anfang, als sie gekommen waren, niemand bewegte sich, niemand grölte mehr. Barbara bekam Furcht. Wenn sie über Jens herfielen, sie waren fünf, vier ohne den wackligen Zahmeis, sie konnten ihn zusammenschlagen.

Nichts geschah. Keiner regte sich, jeder blieb stehen und sitzen, wo er war. Der Feigling lag am Boden, aber niemand ging zu ihm, niemand half ihm. Sie ließen ihn im Stich, sie waren Feiglinge wie er.

»Jens«, sagte sie, »wir gehen.«

Er rückte seinen Schlips gerade, sah im Kreise herum. »Ja. Darf ich zahlen, Herr Wirt?«

Barbara sah die Gesichter. Keins von ihnen sah drohend oder bösartig aus, aber das machte alles unheimlich, völlig unwirklich, ganz anders, als sie es schon erlebt hatte. Der Wirt sprach leise mit Jens, er rechnete, gab Kleingeld heraus. Sie sah Schulz hinter einer Wolke, sein Gesicht war nicht finster, fast wohlwollend. Sie hörte ihn sprechen.

»Nun . . . ich muß sagen . . . der junge Freund ist ein Kämpfer. Unser Mann hat verloren.« Er löste sich von der Theke, kam zu Barbara, sie fühlte seinen Arm an ihrer Schulter und roch den Rauch. »Nimm's leicht, mein Kind! Er hat den Namen mit der Tat! Er heißt Hase und ist einer. Ein Angsthase. Er kann nichts dafür!«

»Ich weiß«, sagte Barbara. »Danke, Herr Schulz.«

Jens kam zu ihr. Er lachte wieder. Er war der Sieger. »Auf

Wiedersehen, meine Herren. Auf Wiedersehen, Herr Wirt. Selten so ein gemütliches Lokal betreten. Grüßen Sie Herrn Hase von mir, wenn er aufwacht. Beefsteak soll gut sein fürs Auge.« Sie gingen hinaus. Barbara sah die Schuhe und die Absätze des Feiglings, mit schiefen Kanten. Bloß fort von hier. Sie riß die Tür auf. Schulz deklamierte dröhnend:

»So sein verflucht die Weiber . . . Weib sein heißt falsch und schlecht . . . hier um zwei weiße Leiber . . . verdirbt Burgunds Geschlecht!«

Stimmengewirr setzte ein.

Es war das letzte, was Bärbel hörte.

Draußen gingen sie ein Stück nebeneinander. Sie fühlte seinen Blick und berührte seine Hand. Er drückte sie mit heftiger, plötzlicher Freude. »Bärbel . . . bist du böse?«

Sie schüttelte den Kopf.

»Es ging nicht anders. Wirklich nicht.«

»Ich weiß.«

Wieder verging einige Zeit. Dann fragte er: »Und wegen des Briefes?«

»Auch nicht mehr. Du hast recht gehabt. Mein Vater auch.«

»Wirklich?«

»Ja.«

Er lachte. »Dann hat sich's gelohnt, ihren Frühschoppen zu besuchen. War deine Idee! Und die Keilerei hat sich auch gelohnt. Das heißt, eigentlich war es keine. Viel ist in dem nicht drin. Der ist ja gleich umgekippt. Viel zu schnell. Es muß doch das Alter sein.«

Er hakte ihren Arm unter seinen. »Bärbel . . . ich bin so froh, daß wir uns wieder vertragen.«

»Ich auch.«

»Wie du von zu Hause gekommen bist, dachte ich, jetzt ist der Bart ab und alles aus. Das hab' ich gedacht.«

»Mit ihm ist es aus«, sagte sie.

Er schwieg für zwanzig Schritte.

»Bärbel?«

»Ja, mein Boxer?«

»Gehst du noch mal hin . . . zu ihm?«

»Einmal«, sagte sie. »Ich habe seinen Schlüssel und ein paar Sachen bei ihm. Noch heute hole ich sie.«

»Und wenn er zu Hause ist?«

»Gleichgültig. Einmal noch. Dann nie mehr.«

Barbara drehte den Schlüssel leise. Er würde nicht zu Hause sein, kaum. Er würde betrunken in der Kneipe herumtorkeln, mit zerschlagenem Gesicht und lallenden Lippen. Aber sie hörte röchelndes Atmen, als sie die Tür zum Wohnzimmer öffnete. Sie blieb stehen, erschrocken, dann ging sie mit schnellen, behutsamen Schritten weiter.

Der Feigling war da.

Er lag angezogen auf seinem Bett. Nur die Schuhe fehlten, und der Hosenbund und der Kragen waren geöffnet. Er schlief fest, vom Alkohol betäubt. Er war gegangen, oder irgendeiner hatte ihn hergebracht, vielleicht war er sinnlos betrunken gewesen, sie hatten ihn ausgelacht, und er hatte nicht mehr bleiben wollen. Er rührte sich nicht, als Barbara das Licht im Wohnzimmer anknipste. Sein linkes Auge war blau verschwollen, er würde es einige Zeit nicht aufkriegen. Auf seiner Oberlippe sah sie eine schmale Blutkruste, er hatte den Mund geöffnet und atmete in kurzen Stößen. Das Haar war zerwühlt und verklebt, die Haut im Gesicht schlaff und glasig. Kein schöner Anblick. So was hatte man geliebt.

Barbara straffte sich kurz, sie mußte etwas abschütteln, sie zog den Vorhang zum Schlafzimmer leise zu, aber mit entschiedener Bewegung, sie würde ihn nicht wieder zurückziehen.

Lange brauchte sie nicht. Den Schlüssel legte sie auf den Schreibtisch. Von der Straße her schimmerten die Lichter herauf, die sie so oft gesehen hatte. Sie achtete nicht darauf. Viel hatte sie nicht hier, ein paar Kosmetiksachen im Bad, einen Kamm, Waschlappen, was so dazu gehörte. Sie holte alles, tat es in ihre Tasche, es fehlte nichts. Im Zimmer sah sie sich um, dachte nach, wo noch etwas von ihr sein könnte.

Richtig. Im Schrank mußten zwei Bücher sein, die sie ihm geliehen hatte. Sie fand sie schnell. Ein Buch, das ihm gehörte, hatte sie mitgebracht. Alles. Nichts mehr, was an sie erinnerte. Sie löschte das Licht und ging hinaus auf den Flur.

Dann fielen ihr die Bilder ein.

Ihre Bilder.

Sie hatte sie ihm gegeben, fünf Buntaufnahmen von einem Film, sie waren in einem Park geknipst. Ein Sommerkleid hatte sie getragen, er sah sie gern darin. Er sollte die Bilder nicht behalten. Sie wußte, er besaß ein Album mit Bildern von Mädchen aus früheren Tagen. Sie wollte nicht darin landen, wollte nicht, daß er Geschichten erzählte, wie sehr sie ihn geliebt hätte und wie schwer sie loszubringen gewesen wäre.

Sie ging zurück, machte wieder Licht. Es war ein gelber Umschlag gewesen, mit der Adresse des Fotoladens. Er mußte irgendwo sein. Sie öffnete vorsichtig die Schubladen des Schreibtisches, eine nach der anderen. Der Feigling hatte nie etwas dagegen gehabt, sie wollte ihm nichts wegnehmen und nicht herumschnüffeln. Aber ihre Bilder mußten her.

Im Schreibtisch fand sie nichts. Sein Briefpapier, Kohlebogen, Farbbänder, ein paar Schnellhefter, Briefmappe, aller möglicher Kram. Keine Bilder.

Im unteren Abteil des Schrankes, in der Mitte, da war noch Papierzeug, das wußte sie, dort mußte auch das Album sein. Sie zog die Türen auf, blätterte das Album durch, vielleicht hatte er die Bilder schon eingeklebt. Nein. Sie hob noch ein paar Ordner an, Staub rieb in ihren Fingern. Das Kuvert war nicht da.

Barbara schloß die Türen und stand auf. Links hatte er Gläser und Wäsche, da war nichts zu hoffen. Er konnte es sonstwo hingeschoben haben, versteckt, aber sie war einmal da, zum letztenmal, und sie wollte nicht gehen ohne die Bilder. Sie öffnete die rechte Tür des Schrankes. Sein Koffergrammophon stand da, alt, abgeschabt, auch voller Staub. Unten lag altes Packpapier, gelbe, große Umschläge, zerfledderte Manuskripte türmten sich darüber. Barbara suchte alles durch, vergebens.

Im obersten Fach lag eine Ledermappe, wichtige Papiere, wie es schien, Verlagsverträge und anderes. Daneben stand, längs an die Seitenwand geschoben, ein Kasten, mit gelbem Kunstleder überzogen und mit einem Nickelmonogramm. J. H. Abgeschabt und geschmacklos. Sie kannte das Ding, der Feigling hatte allerhand Gerümpel darin, Schmerztabletten und Hansaplast, sie hatte ihn manchmal darin wühlen sehen. Sie zog den Kasten heraus und schlug den Deckel zurück, den zwei Druckknöpfe hielten.

Der Umschlag mit den Bildern lag obendrauf. Ganz oben, ganz offen. Die Bilder waren darin, alle fünf, keins fehlte. Barbara atmete kurz auf. Sie nahm den Umschlag heraus. Darunter sah sie ein wirres Durcheinander von Schachteln, Röhren, es lagen zerbrochene Siegellackstückchen darin, ein Kästchen mit Knöpfen, Bindfaden, Büroklammern, eine schwarze Augenklappe, die würde er jetzt gebrauchen können.

Sie wollte den Deckel zuklappen, aber dann sah sie etwas, das ihre Neugier erweckte. Es paßte nicht zwischen das Gerümpel.

Es war ein Seidenband, rot in der Mitte, mit einem schmaleren weißen und schwarzen Streifen an der Außenkante. Es ragte zwischen zwei Schachteln heraus. Barbara zog daran, es schien verklemmt. Sie zog kräftiger. Die Schachteln sprangen in die Höhe. Das Seidenband war doppelt, lief in einem endlosen Kreis. Unten baumelte ein großes eisernes Kreuz. Es war schwarz, mit versilberten Rändern, die Jahreszahl 1939 stand darauf, aber trotzdem blinkten die Ränder noch matt im Licht.

Barbara kannte das Kreuz. Sie hatte es schon gesehen. Ein Onkel von ihr besaß es, viele Leute besaßen es, viele davon waren auch schon tot, es gab manche, die sich heute noch etwas darauf einbildeten, und wenige, die es heute noch trugen. Oft war es beschimpft worden, die Träger verhöhnt, aber man hatte etwas tun müssen dafür, das wußte sie.

Wie kam es hierher?

Sie drehte sich um, sah zu dem Vorhang hin, hinter dem der Feigling röchelnd schlief. Er und dieses Kreuz? Ausgeschlossen. Ganz unmöglich. Vielleicht gehörte es einem Verwandten, vielleicht hatte er es irgendwo bekommen, gefunden, von einem Freund als Erinnerung – es konnte ihm nicht gehören.

Sie nahm es auf die flache Hand. Es wog einiges. Sie blickte darauf herunter, mit gerunzelter Stirn. Sie hatte es nicht mehr tun wollen, aber sie konnte nicht anders: Sie ging behutsam zum

Vorhang und schob ihn einen Spalt weit zur Seite. Der Feigling hatte sich gedreht, er lag jetzt flach auf dem Rücken. Sein Auge war völlig geschlossen, sicher tat es ihm weh, und er träumte von den Schmerzen. Seine Stirn war trocken, er schlief ruhiger. Barbara dachte daran, wie er auf dem Fußboden im Lokal gelegen hatte, die Hände vor dem Gesicht, versteckt im Schutz der Niederlage.

Er und das Kreuz?

Niemals.

Sie ließ den Vorhang fallen. In der nächsten Sekunde lag das Kreuz an seinem alten Platz. Sie verbarg auch das Band unter den Schachteln, stellte den Kasten sorgfältig an seinen Platz.

Dann ging sie zum zweitenmal.

Aber an der Küche blieb sie stehen, verharrte. Er würde Durst bekommen, wahnsinnigen Durst, sie kannte das von ihm.

Sie holte einen Krug aus dem Küchenschrank, ließ das Wasser ablaufen. Dann füllte sie ihn randvoll.

Ganz leise brachte sie ihn in die Schlafkammer und stellte ihn auf den Nachttisch.

In der nächsten Minute hatte sie die Wohnung verlassen. Der Fahrstuhl sank schnell in die Tiefe.

Barbara schlief schlecht in der Nacht. Bis halb zwei lag sie wach, und dann kamen Träume, Fetzen aus den letzten vier Wochen. Sie sah ihren Vater, Jens, den Greis, alle sprachen sie freundlich miteinander über Politik, plötzlich schlug Jens den Greis, aber der lächelte und hatte das Kreuz um den Hals, unter dem blauen Auge.

Es wurde früh hell, sie lag schon wach. Lauter Unstimmigkeiten, dachte sie. Der Greis, der nie arbeitete und wenig geschrieben hatte, schlechtes Zeug dazu, mit einem ewig unsichtbaren Verleger. Dieses Kreuz, das ihm stand wie einem Hasen ein Smaragdkollier. Die Kneipe ohne Gäste, mit den komischen Männern, von denen keiner ganz normal war, alle hatten einen kleinen Knall, keiner verheiratet, Leute, die es gar nicht mehr gab und die nicht richtig zur Gegenwart gehörten.

Sie wollte aufhören damit. Was ging sie es noch an, sie hatte es hinter sich, würde keinen mehr sehen von ihnen, das Lokal nie wieder betreten. Es kam immer wieder, wie Gondeln an einem Karussell. Sie war nicht zufrieden mit sich und mit dem Ausgang. Jens und ihr Vater hatten etwas zu Ende gebracht und erledigt, das sie nichts anging, alles zu schnell, zu glatt, zu sehr gegen ihren eigenen Willen.

Es muß etwas dahinter sein, dachte sie. Vielleicht ist er froh, daß alles so gekommen ist. Er hat sie beleidigt, er hat Jens beleidigt, er hat sich nicht gewehrt in der Kneipe, es muß etwas sein, was ich nicht weiß. Ich will es wissen.

Die Idee kam, als sie noch mal einzuschlafen begann. Es war nichts Besonderes, weil es so simpel und alltäglich war, aber sicher hatte sie gerade deswegen nicht früher daran gedacht. Sie stand auf, zog ihren Morgenmantel an, ging leise die Treppe hinunter. Das Telefonbuch lag in der Halle neben dem Apparat. Niemand würde es so früh brauchen. Sie nahm es mit, legte sich ins Bett auf die Seite und blätterte.

Die Nummer des Greises wußte sie, er hatte sie ihr gegeben gleich zu Beginn, deswegen hatte sie nie im Buch danach gesucht. Es gab viele Hases, sogar einen Jakob, aber mit ganz anderer Adresse und Nummer. Der Greis stand nicht darin.

Es gab noch mehr mit dem Namen Schulz. Keiner hatte ein Büro für Statik.

Sie fand keinen Steuerberater Fuchs und keinen Rechtsanwalt Carls.

Barbara setzte sich auf und sah aus dem Fenster. Langsam, langsam. Nicht überschlagen. Konnte alles Zufall sein, Anschlüsse unter anderem Namen, Nebenstellen, irgendwas.

Dann fand sie Meise. Siegfried Meise, Dr. phil., Berlingerstraße 38, 491216. Einer war da. Wenn es der Richtige war.

Sie suchte hastig weiter, schlug die letzten Seiten auf. Noch einer.

Günther Zahmeis, Parfümgroßhandel, Löwengartenstraße 1. Telefon 440292.

Zwei von sechsen. Wenigstens etwas.

Sie sprang aus dem Bett, holte sich Papier und Bleistift. Sorgfältig schrieb sie die beiden Adressen ab, sah nach, ob die Namen noch bei anderen Anschriften auftauchten, blätterte zurück und vergewisserte sich, ob nicht einer von den anderen doch darinstand. Nein. Blieb alles, wie es war.

Sie trug das Buch nach unten auf seinen Platz. Während sie sich wusch und anzog, dachte sie weiter nach: ein Schriftsteller mit Telefon, der nicht im Buch stand. Ein Anwalt, ein Steuerberater, ein Statiker, alle ohne Büro und ohne Telefonanschluß. Jetzt war sie ganz sicher. Es mußte etwas bedeuten.

Was konnte man tun? Man hätte zu Wuck gehen können, ins Lokal. Sie fürchtete sich. Sie hatte sich immer vor ihm gefürchtet, mehr als vor den anderen, er sprach so wenig, er war nie freundlich, schien alles zu sehen und zu hören. Und jetzt, wo das passiert war mit Jens und Jakob – sie konnte nicht mehr hin. Der Greis würde es erfahren und heimlich über sie lachen.

Doktor Meise war nicht dagewesen gestern. Er konnte verreist sein, krank, gestorben, was wußte sie. Man hätte anrufen können. Warum? Was sollte sie sagen, welchen Grund angeben?

Keinen.

Es blieb Zahmeis. Er war verrückt, aber auf nette Art, er war nicht unsympathisch bei aller Schreierei, eher zum Lachen. Sie hatte ihn nie gefürchtet wie Wuck oder den Anwalt, der auch unheimlich war bei allem guten Benehmen und allen charmanten Reden. Man konnte zufällig bei ihm vorbeikommen. ›Ich habe Ihre Adresse gefunden, Herr Zahmeis, als ich unter Z. herumsuchte, da dachte ich, vielleicht kann ich bei Ihnen mein Parfüm billiger einkaufen, es kostet jedesmal einen Haufen Geld. Hoffentlich sind Sie nicht böse.‹

Ja. Der zweite gute Einfall heute morgen. Er würde nichts übelnehmen, und wenn, was konnte passieren? Kühler Abschied: Entschuldigen Sie bitte, und viele Grüße ans Lokal. Es war eine Chance.

Beim Frühstück war Barbara ruhig. Jens sah sie oft an, sprach mit ihr, aber sein Gerede ging ihr auf die Nerven.

Ja, sie hätte alles abgeholt. Er war schon zu Hause, stockvoll, blaues Auge, der hat genug für 'ne Weile. Jens fragte sie, ob sie spazierengehen wollten. Schon wollte Barbara zusagen. Dann fiel ihr ein, daß sie bereits heute zu Zahmeis gehen könnte.

Es war Sonntag, gut, aber vielleicht wohnte er auch da bei seinem Großhandel, vielleicht war er sonntags besser zu erreichen als wochentags. Und wenn nicht, hatte sie einen Spaziergang gemacht und sich dort umgesehen, und man konnte noch mal hingehen am Montag.

»Tut mir leid, Jens«, sagte sie. »Bin bei Astrid eingeladen. Die möchte ich nicht sitzenlassen.«

Sie sah, wie er die Stirn runzelte. »Astrid?«

Er dachte das gleiche wie sie. Früher war der Greis Astrid gewesen. Sie lächelte ihn strahlend an.

»Keine Sorge. Diesmal wirklich.«

Er schien beruhigt, aber sie beschloß trotzdem, Astrid anzurufen und vorzubereiten.

Sie ging kurz nach dem Mittagessen. Auf ihrem Stadtplan fand sie die Löwengartenstraße. Ziemlich weit draußen im Süden, kurz vor der Autobahn, sie mußte mit der Straßenbahn fahren und umsteigen.

Dann merkte sie, daß sie aufgeregt war. Zum erstenmal in ihrem Leben verfolgte sie etwas, ohne zu wissen, weshalb sie es tat und was es war. Hoffentlich ging es gut.

Sie stieg aus, mußte ein Stück laufen. Die erste Enttäuschung kam schnell. Die Nummer Eins der Löwengartenstraße war eine Fabrik. Ein riesiger Kasten mit unzähligen Fenstern, gewaltige Buchstaben des Firmennamens, aber nicht Zahmeis, ganz anders. Soviel Parfüm konnte auf der ganzen Welt nicht verschmiert werden.

Sie blieb am Tor stehen, unschlüssig, offen war es, aber nur eine leere Einfahrt dahinter. Langsam ging sie hinein. Was sollte sie sagen am Sonntag? Dann sah sie einen Pförtner hinter einem Glasfenster, und ihr Mut kehrte zurück. Mit einem alten Mann würde sie fertig werden.

Sie lächelte lieblich. »Verzeihen Sie, wenn ich am Sonntag störe, Herr Portier . . . ich suche einen Bekannten . . . soll hier wohnen . . . Herr Zahmeis . . . Günther Zahmeis . . . Parfüm . . .«

Der Pförtner nickte gleichmütig, sofort. »Ja. Der Chemiker, der damische. Ja.« Seine Hand kam durch den Schalter, deutete nach hinten. »Da . . . sehen S' den Turm? Da drin. Vierter Stock. Möglich, daß er da is.«

»Vielen Dank«, sagte Barbara. »Herzlichen Dank!«

Er hörte nicht mehr zu. Sie lief durch die Einfahrt.

Der Turm stand an einer Ecke des riesigen Karrees, innen war ein gewaltiger Hof mit Parkflächen und Fahrradständern. Eine Steintreppe führte zu einer breiten Eisentür, viele Schilder waren an beiden Wänden, und da war auch Zahmeis, ohne Kompanie und KG, Parfümgroßhandel.

Die Treppe wand sich in endlosen Kurven um einen Lichtschacht, aber die Stufen waren flach, leicht zu steigen. Alles die gleichen Eisentüren in jedem Stockwerk. Endlich war sie im vierten, die letzten Treppen war sie langsamer gestiegen, aber nicht, weil sie ermattet war.

Das gleiche Schild wie unten. Eine Klingel.

Sie wollte keine Furcht aufkommen lassen, sie klingelte sofort und hörte den Ton im Inneren. Aber das war alles. Keine Stimme, keine Schritte. Sie läutete noch einmal, da ergriff sie schon die Enttäuschung, vergebens, umsonst, er wohnte nicht hier, er war nicht da. Sie drückte vorsichtig auf die Eisenklinke. Der Schreck durchfuhr sie, als die Tür knarrend zurückschwang.

Es roch nach Parfüm, süß und intensiv, als hätte man eine halbe Flasche in die hohle Hand geschüttet. Sie sah einen büroähnlichen Vorraum, nicht sehr groß, einfache Aktenregale, eine Holzschranke vor einem Schreibtisch, dahinter zwei Stühle. Kein Mensch im Raum. Nur hinten noch mal eine Eisentür, etwas kleiner als die erste.

»Hallo!« rief sie. Keine Antwort. Sie hatte keine Furcht im Augenblick, der Parfümdunst war tröstlich, ungefährlich. Sie ging weiter hinein, schloß vorsichtig die Eisentür. In der Barriere war ein schwenkbarer Durchgang, wieder knarrte es leise. Jetzt war sie an der hinteren Tür. Nicht verschlossen. Hier schien einer dem anderen noch zu trauen. Diesmal knarrte nichts. Der Raum war groß, langgestreckt. Das Licht kam durch zwei helle

Fenster. Links und rechts standen lange Tische mit unzähligen Flaschen, Gläsern, Geräten.

Aber Barbara sah nichts von alledem. Sie sah nur den Schreibtisch vor der hinteren Wand, auch den nur undeutlich. Davor lag ein Mann auf dem Boden, klein, schmal, sein Haar war dunkel. Herr Günther Zahmeis lag dort.

Barbara wich zurück. Sie spürte die kalte Fläche des Eisens durch ihr Kleid und an ihrer Haut. Der Parfümgeruch lastete unerträglich schwer und betäubend über ihr.

Barbara fiel ein, daß sie noch nie einen Toten gesehen hatte. Heute war es das erste Mal. Sonntag, neunundzwanzigster Mai 1961, gegen halb drei.

Sie wollte weglaufen.

Der Tote bewegte sich. Sein rechter Arm kam nach vorn und zur Seite, als wollte er sich abstützen. Der Kopf hob sich. Er bewegte die Lippen. Er lebte. Er war nicht tot.

Sie lief durch den Raum, vorgebeugt, sah nicht, wo sie hintrat. Sie hatte Furcht, eine Wunde zu sehen, eine Waffe, Blut, irgendwas Entsetzliches, Einbruch und Raubüberfall.

Sie sah nichts von alledem.

Herr Günther Zahmeis sah so erschreckend aus, wie der Greis gestern ausgesehen hatte. Bleich und verschwommen. Sie bemerkte am Boden zwei leere Bierflaschen, und zugleich war ihr, als würde der Parfümnebel überdünstet von einem linden Geruch nach Alkohol.

Herr Zahmeis war sturzbetrunken.

Barbara ballte die Fäuste. Sie stemmte die Arme in die Taille. Sie konnte direkt fühlen, wie wütend sie aussah.

Der elende Kerl! Sie so zu erschrecken! Am liebsten hätte sie ihn verprügelt.

Sie kniete sich neben ihn. »Herr Zahmeis! Haben Sie was?«

Der Klang ihrer Stimme schien ihn nicht zu verwundern. Offenbar war er es gewohnt, so vorgefunden zu werden. Er drehte das Gesicht zu ihr. Seine Augen waren wie Löcher im Schnee.

»Wie?« Trotz des Zustandes konnte er noch krähen. Ein erkennendes Grinsen folgte. »Ach! Das Mädchen aus der Hafenbar! Die Ehebrecherin! Gott zum Gruß, liebes Wesen!« Der Kopf fiel wieder herunter.

»Kommen Sie nicht hoch?« Die Frage schien Barbara blöde, kaum daß sie ausgesprochen war. »Warten Sie – ich helfe Ihnen!«

»Häh«, machte er. »Liebes Kind – ich fürchte, da wird nur der Flaschenzug helfen.«

»Ach was, Flaschenzug! Brauche ich nicht!« Sie packte ihn unter den Achseln. Sie hatte Kraft. Im nächsten Augenblick stand er auf den Füßen.

Seine schlaffe Hand deutete auf den Schreibtischsessel. »Dorthin, wenn's geht! Dann haben wir das Schwerste geschafft!«

Sie schleppte den matten Körper um den Tisch, trat mit dem Fuß den Stuhl zurück. Herr Zahmeis plumpste hinein. Seine Hände hielten die Lehnen, er schwankte leise, aber er blieb senkrecht.

»Großartig! Werde Sie zu meiner Leibsklavin machen!«

»Das fehlte mir!« Sie hatte den Schreck überwunden. Das Ganze war zum Lachen.

»Jawohl!« Er wollte eine Hand erheben, aber er brauchte beide, um sich festzuhalten. »Werde Sie auf Rosenblätter betten! Jeden Tag können Sie in einem Parfümbrunnen baden . . .!«

»Und Sie im Bierbrunnen.«

»So ist es. Sehen Sie den Kühlschrank dort?«

Barbara sah ihn.

»Dort befindet sich Bier. Der Kognak steht daneben.«

»Wollen Sie weitersaufen?«

Die Frage schien ihn zu entrüsten. »Weitersaufen? Ich habe noch gar nicht angefangen! Das war mein erstes Frühstück. Jetzt kommt das zweite.«

»Sie werden wieder vom Stuhl fallen.«

»Dort ist eine Leine! Zurren Sie mich fest, bevor Sie gehen! Wie einen Seemann an den Mast, wenn der Sturm sich erhebt!«

Barbara ging kopfschüttelnd zu dem Kühlschrank. Dort sah es aus wie in einem Bierdepot. Es war kaum etwas anderes darin.

Sie nahm zwei Flaschen heraus und fand den Kognak. Die Augen von Herrn Zahmeis leuchteten.

»Sie haben mich gerettet! Am Boden wäre ich verdurstet, wenn Sie nicht gekommen wären! Da sind Gläser!« Er wollte die Kognakflasche schwenken, aber er schaffte es nicht. »The Brandy of Napoleon! Ich trinke nie etwas anderes als der Kaiser!«

Erst jetzt bemerkte Barbara in den Bücherregalen um den Schreibtisch das Steckenpferd des Herrn Zahmeis.

Napoleon. Nichts wie Napoleon.

Sein Verehrer hob das Glas mit Anstrengung. »Was war im Mai – vor hundertdreiundsechzig Jahren?«

»Irgendwas mit Napoleon.«

»Jawohl! Er brach auf nach Ägypten! Die Flotte lief aus, aus Toulon!«

»Aha. Deswegen sollte ich Sie auch am Mast festzurren.«

»So ist es! Es lebe der Kaiser!«

»Er lebe«, sagte Barbara.

Der Kognak war gut. Auch das Bier schmeckte. Hoffentlich vergaß sie nicht, weswegen sie hergekommen war.

»Wie war's gestern noch?« fragte sie.

»Gestern? Turbulent! Ein Orkan! Man mußte mich mit der Ambulanz heimschaffen.«

»Herrn Hase auch?«

»Den sowieso. Er war einäugig. Ihr Freund hat ihn vernichtet!« Herr Zahmeis nahm den Inhalt seines Bierglases zu sich. Es belebte ihn sichtlich.

»Eigentlich finde ich die Kneipe ganz nett«, sagte Barbara. »Den Frühschoppen auch. Haben Sie sich alle per Zufall dort getroffen?«

»Jawohl! Zufallsbekanntschaften! Hergelaufenes Gesindel! Verlorene allesamt! Strandgut des Lebens!«

»So gestrandet sehen Sie nicht aus.« Sie deutete auf die Parfümballons. »Bei dem Umsatz!«

»Es ist flüssiger Gestank«, sagte Herr Zahmeis und goß Kognak ein, mit zitternder Hand. »Konzentrierte Wollust, auf Flaschen gezogen. Wie haben Sie hergefunden in diese Höhle?«

»Ach«, antwortete sie leichthin, »ich hab' im Telefonbuch nach Ihrer Nummer gesucht – wollte fragen, ob ich bei Ihnen die Wollust billiger kriegen kann –, da habe ich Ihre Adresse gefunden, und heute bin ich zufällig vorbeigekommen. Ich dachte, Sie wohnen auch hier.«

»Nein!« Er hob die Hände zur Abwehr. »Stinkbude! Es würde mich töten!« Er sagte nicht, wo er wohnte.

Barbara sprach weiter mit Vorsicht. »Ich – hab' auch mal nach Herrn Carls gesucht – Ihrem Rechtsanwalt – wollte was wissen, was Juristisches – der steht nicht im Buch – gar kein Büro.«

»Kein Büro! Ah! Ein Tunichtgut, ein Tagedieb! Ein Winkeladvokat! Er wird eines Tages seiner eigenen Hinrichtung beiwohnen!«

Sie wagte noch einen Vorstoß.

»Sie haben seine Adresse nicht zufällig? Ich kenne hier keinen Anwalt.«

»Ich habe sie nicht. Was scheren mich diese Galgenhälse! Ich sehe sie nur zum Frühschoppen, und dann verschwommen. Schemenhaft! Ich weiß von keinem einzigen, wo er wohnt!« Zur Bekräftigung trank er aus.

Barbaras Mut sank. Von diesem Bierleichnam würde sie nichts erfahren. »Ich hab' gestern Herrn Doktor Meise vermißt«, sagte sie. »Kommt er nicht mehr?«

Er fuchtelte mit der Bierflasche. Der Alkohol hatte ihn gestärkt. »Ich weiß nicht. Soll krank sein. Schon über hundert Jahre alt!«

»Zehntausend.«

»Zehntausend! Noch schlimmer. Eine Mumie! Ein verfaulender Kadaver! Man sollte ihn einlegen in Kölnisch Wasser!«

Barbara fragte nicht weiter. Sie nahm eine Zigarette. Zahmeis trank und krähte vor sich hin, von Napoleon und seinem Feldzug nach Ägypten.

Als das Bier alle war, wankte Herr Zahmeis mit ihrer Unterstützung zu einem der Regale. Er schenkte ihr zwei große Flaschen irgendwelchen Parfüms, das ungefähr ihrer Marke entsprach. Sie brachte ihn zum Stuhl zurück und versorgte ihn mit neuem Bier.

»Auf Wiedersehen, Herr Zahmeis. Und vielen Dank für die konzentrierte Wollust!«

Seine Hände wedelten. »Nichts zu danken! Sie haben mich gerettet! Ohne Sie wäre ich am Boden verdurstet! Die Feldflasche war leer, und Ägyptens Sonne brannte über mir! Die Schakale strichen um mich herum! Lassen Sie sich wieder sehen, wenn Sie Parfüm brauchen! Oder zum Frühschoppen! Leben Sie wohl!«

Barbara ging hinaus. Am Ausgang hörte sie noch seine Stimme. »Gebt Feuer!« Dann knallte der Verschluß einer Bierflasche. Sie wunderte sich über nichts mehr.

Draußen kamen ihr Zweifel. Was sie trieb, war Unsinn, Zeitverschwendung. Der ganze Haufen war so wie Zahmeis. Überall würde sie das gleiche hören.

Andererseits war der Nachmittag so und so verloren. Noch zu dem Doktor? Sie konnte es versuchen. Der Kognak machte Mut. Und wenn nichts passierte, der Quatsch war dann zu Ende, erledigt.

Der zehntausendjährige Doktor Meise wohnte wieder acht Trambahnhaltestellen weg. Man mußte umsteigen.

Das Haus war ebenso alt. Das Treppenhaus roch ähnlich dem Mausoleum am Roten Platz in Moskau. An der Tür des Doktors waren Schilder von Untermietern angebracht, sehr viele. Jemand kam von oben die Treppe herunter.

»Möchten Sie zu Starnheimer?«

»Nein«, sagte Barbara höflich. »Ich möchte nicht zu Starnheimer.«

Die Dame zögerte, aber Barbara verriet ihr nicht, zu wem sie wollte. Man konnte spüren, wie hart es die andere traf. Als sie verschwunden war, drückte Barbara auf die Klingel.

Es öffnete ein wildfremder Mensch, offenbar einer der zahlreichen Untermieter. Er trug eine abgewetzte Hausjacke und sah aus, als hätte er gerade irgendwas auswendig gelernt.

»Kann ich zu Herrn Doktor Meise?« fragte Barbara.

Der Geistesarbeiter musterte sie ohne viel Interesse. »Der ist krank«, sagte er. »Wie heißen Sie bitte?«

Sie sagte ihren Namen ohne viel Hoffnung. Der Alte würde gar nicht wissen, wer sie war.

»Ich frag' mal, Moment. Kommen Sie rein.«

Er verschwand in der Dunkelheit des Flurs. Man konnte nur schwer etwas von der Einrichtung und den abgehenden Türen erkennen. Die Luft war verbraucht und dumpf, keine Spur von Zahmeis' Parfümdünsten.

Der Untermieter kam auf sie zu.

»Sie möchten kommen!«

Barbara folgte erstaunt. Hinten war eine Tür halb geöffnet, mattes Licht fiel heraus. Sie hörte die singende Greisenstimme schon, bevor sie im Zimmer war. »Mein gutes Kind! Ist das eine Freude, daß Sie mich besuchen! Vielen Dank, Herr Thomas! Kommen Sie, mein Kind!«

Herr Thomas schloß die Tür hinter Barbara.

Der alte Doktor lag in einem schmalen, hohen Bett in der rechten hinteren Ecke des Zimmers. Zwischen den Kissen war er kaum zu erkennen.

Das Fenster war geöffnet, die Luft war nicht so muffig wie auf dem Korridor, aber der Geruch nach Büchern und Papier würde niemals mehr verschwinden.

Der Raum schien zum Wohnen, Schlafen, Arbeiten zu dienen, auch zum Sterben eines Tages, und die Worte des Doktors bestätigten es.

»Dort ist ein Stuhl! Ich habe nur dieses Zimmer. Alles vermietet! Die Enge ist der Preis für meinen Lebensunterhalt!«

Sie fühlte seine Pergamenthand, kalt und schlecht durchblutet. Er freute sich ehrlich.

»Ich war beim Frühschoppen und bei Herrn Zahmeis – da hörte ich, daß Sie krank sind – was haben Sie denn?«

Er richtete sich auf, kam etwas weiter zwischen den Kissen heraus. »Ach, mein Kind! Es ist nichts Besonderes. Das Alter! Die Boten des Todes. Eine kleine Erkältung, aber das Herz klappert dann immer gleich. Es will mich ärgern.«

»Kein Wunder bei zehntausend Jahren«, sagte Barbara.

Er strahlte. »Ich bin zehntausend Jahre jünger, seitdem Sie durch die Tür getreten sind. Ach, es wird vorbeigehen. Ich muß nur liegen und diese scheußlichen Tropfen nehmen. Was macht der liebe Jakob Hase?«

Barbara schluckte. »Ich glaube, er muß seinen Rausch ausschlafen.«

»Ah! Der Frühschoppen! Wie war es denn?«

»Ganz unterhaltsam.«

»Das glaube ich! Ach, ich habe sie alle gern. So wundervolle Anarchisten! Und was tat der Herr Zahmeis, unser wütender Korse?«

»Er arbeitete«, antwortete Barbara und dachte an den Flaschenzug. »Er war schon seit heute morgen dabei. Und dann erzählte er von Napoleon und vom Feldzug nach Ägypten.«

»O ja! Napoleon, dieser Göttersohn! Sein Liebling! Wie viele Schlachten haben wir auf dem Papier noch einmal geschlagen! Alles ohne einen Schuß und einen einzigen Verwundeten! Nur so sollte man Kriege führen. Wie sind Sie auf den Einfall gekommen, mich zu besuchen?«

»Ach . . . ich kam ganz zufällig an seiner . . . seinem Geschäft vorbei, weil ich fragen wollte, ob ich bei ihm etwas bekommen kann . . . er erzählte, Sie wären krank, er gab mir Ihre Adresse. Da wollte ich auf dem Rückweg vorbeigehen . . . Sie haben sich so nett mit mir unterhalten im Lokal . . .«

»Das war ein herrliches Erlebnis! Warum haben Sie den lieben Jakob nicht mitgebracht?«

»Er weiß nicht, daß ich hier bin . . . ich wußte es heute früh selber noch nicht . . .« sie stockte. Der Vorrat an Lügen war erschöpft, und sie war so weit noch vom Ziel entfernt. Sehr fadenscheinig, einen alten Mann zu besuchen, den man einmal in einem Ausschank gesehen hatte. Bei Zahmeis hatten die Ausreden noch geholfen, dem konnte man sonstwas erzählen. Aber hier, bei dem alten Mann, kam sie sich wie ein Schulmädchen vor, das die Aufgaben nicht gerechnet hatte und sagte, sie hätte das Heft vergessen.

Sie beschloß von einer Sekunde zur anderen, die Wahrheit zu sagen.

»Herr Doktor«, sagte sie. »Ich habe geschwindelt.«

Er lächelte selig, als hätte sie ihm eine Liebeserklärung geliefert. »Liebes Kind! Eine Frau schwindelt nie! Sie weiß nur manchmal nicht genau, was die Wahrheit ist!«

»Ich weiß es genau«, sagte Barbara. »Ich bin zu Ihnen gekommen, um etwas über Jakob Hase zu erfahren – und über die Leute, mit denen er zusammen ist.«

Der Doktor lächelte weiter. »Ach. Das ist interessant.«

»Darf ich es Ihnen erzählen?«

»Aber natürlich.« Er richtete sich noch weiter auf. Auch das Nachthemd stammte aus der Zeit griechischer Götter.

Sie war aufgeregt und begann zu rauchen, ohne gefragt zu haben.

»Es ist vielleicht dumm und alles Blödsinn . . . ich habe das Gefühl, daß etwas nicht stimmt mit ihm. Ich habe ihn kennengelernt, und er war prima. Aber mir fiel mehr und mehr auf, daß er feige ist . . . er drückt sich vor allem und steckt alles ein. Gestern war ich mit einem Bekannten in Ihrer Kneipe. Er und Hase bekamen Streit, meinetwegen. Sie prügelten sich und . . . Hase ließ sich schlagen, er wehrte sich nicht, er hatte wieder Angst. Es war scheußlich.« Sie saugte an der Zigarette, die Qualmwolke wehte um ihre Köpfe, aber der Alte sagte nichts.

»Ich hatte es satt und wollte weg von ihm. Endgültig. Am Abend habe ich meine Sachen abgeholt . . . ich suchte nach ein paar Bildern von mir, ich wollte sie nicht dalassen . . . da fand ich einen Orden in dem Kasten, wo die Bilder waren . . . ein Ritterkreuz.« Sie sah auf, dem alten Mann ins Gesicht. »Doktor Meise . . . ist es möglich, daß er das hat? Als Feigling?«

Er hüstelte etwas. »Das ist möglich, mein Kind«, sagte er. Barbara sah ihn an, mit starrem Gesicht.

»Es wäre möglich, denn . . . die anderen haben es auch. Sogar noch mehr.«

Barbara atmete hastig. Es war doch etwas an ihrer Ahnung. »Aber . . . warum benimmt er sich dann so? Ich wollte ihm nicht Unrecht tun, ich bekam Zweifel, auf einmal war das alles so merkwürdig. Ich wollte jemanden fragen, ich hab' ins Telefonbuch geguckt, keiner steht drin außer Herrn Zahmeis und Ihnen. Ich bin zu Herrn Zahmeis gegangen, nicht wegen des Parfüms, alles Schwindel, ich wollte etwas erfahren . . .«

Der Doktor lächelte wie ein Faun. »Haben Sie was erfahren?«

»Betrunken war er! Lag vor seinem Schreibtisch! Ich mußte ihn erst in die Senkrechte bringen . . .«

Meise begann zu lachen. Glucksend und mit schwachem Atem, aber endlos und herzlich.

Barbara war empört, sie hielt es nicht lange durch und lachte mit. »Dann bin ich zu Ihnen gekommen«, sagte sie kleinlaut. »Ich komme mir jetzt dumm und albern vor . . .«

»Haben Sie ihn lieb?« fragte der Alte.

Barbara wartete, schielte zu ihm. Es dauerte einige Zeit, bis sie nickte, mit vorgeschobener Unterlippe.

»Das würde alle Neugier entschuldigen«, sagte er. Er hob seinen faltigen Zeigefinger. »Ich erzähle auch nur etwas, wenn es wirklich so ist.«

»Wirklich!«

Barbara verbrannte sich die Finger an dem Rest ihrer Zigarette.

»O Gott! Jetzt habe ich Ihnen was vorgequalmt, und Sie sind krank und . . .«

»Sie riecht gut«, sagte er träumerisch. »Ich sollte auch eine rauchen.«

»Aber die Erkältung! Wenn der Doktor kommt?«

»Der kommt nie am Sonntag. Ich muß mir zum Sterben einen anderen Tag aussuchen.«

Barbara lachte, hielt ihm ihre Schachtel hin.

»Oh, nein, nein! Viel zu stark für mich! Dort liegen meine auf dem Schreibtisch! Zauber des Orients! West-östlicher Diwan! Tränen der Suleika!«

Sie holte die Schachtel und gab ihm Feuer. Er hustete etwas nach den ersten Zügen. Seine Augen sahen in den Rauch. »Viel kann ich nicht erzählen, Bärbelchen«, sagte er. »Ich kenne das Lokal schon sehr, sehr lange. Herr Wuck ist ein alter Freund von mir. Die Männer und auch den Jakob haben wir erst nach dem Krieg kennengelernt. Sie haben einiges gemeinsam: Sie waren alle im Feld und sind alle hoch dekoriert, wie man so passend sagt.«

»Zahmeis auch?«

»Nein. Der nicht. Der kennt nur die Orden, die Napoleon getragen hat. Aber die anderen – Jakob, Carls, der kleine Fuchs, Walter Schulz . . . sie kennen sich alle aus dem Krieg und hatten alle das gleiche Schicksal. Sie sind alle nicht verheiratet. Sie kommen jeden Sonnabend zu Friedrich und trinken. Viel Alkohol.«

»Und sie stehen nicht im Telefonbuch und haben kein Büro. Ihren Beruf scheinen sie nur als Nebenbeschäftigung zu betreiben.«

»Das könnte sein.« Seine Stimme sang. »Ich weiß es nicht genau. Es sind alles Vermutungen . . . Mutmaßungen über Jakob, sozusagen . . . Sie dürfen auch nichts davon verraten.«

»Ich verrate nichts.«

»Sie haben irgend etwas zu tun«, sagte der Alte langsam. »Eine Aufgabe . . . verstehen Sie?«

»Nein«, antwortete Barbara.

»Sie sind von jemandem engagiert, um etwas zu erledigen . . . etwas, wozu man Leute braucht wie sie.«

»Von wem engagiert?«

»Ich weiß es nicht, mein Kind. Ich habe nie danach gefragt. Aber der Wirt, mein guter Freund, weiß auch manches. Sie können alle schießen . . . fabelhaft sogar . . . der Friedrich hat es mal gesehen . . . sie waren auf einem Schützenfest, und es ging dann noch weiter auf einem privaten Schießstand . . . Ihr lieber Jakob auch . . . und der brave Schulz . . . er trifft ein As aus der Karte auf dreißig Meter . . . am schlimmsten soll es sein mit dem kleinen Fuchs . . . der hat einen Stein aus der Luft getroffen, mit dem Revolver . . . denken Sie . . .«

»Jakob auch«, sagte Barbara abwesend. Plötzlich mußte sie daran denken, wie er fortgegangen war am ersten Abend und so spät erst wiedergekommen, viel später, als er gesagt hatte. Sie blickte den Doktor an. »Was bedeutet das alles?«

Er drehte den Kopf langsam hin und her.

»Ich kann es Ihnen nicht sagen, liebes Kind. Aber vielleicht sollten Sie Vertrauen haben zu Jakob und zu den anderen. Da freut er sich sicher. Ganz sicher.«

»Aber . . . warum ist er so? Muß er sich . . . müssen sie sich verstecken vor jemandem?«

»Ach . . .«, er sprach viel zu langsam für ihre Ungeduld, »verstecken würde ich nicht sagen . . . vielleicht tarnen . . . das ist so ein scheußlich militärischer Ausdruck, aber er paßt eher . . .«

Barbara saß stumm. Es verwirrte sie, was sie hörte. Es war beinahe noch unklarer als zuvor, alles ganz unwirklich, und dazu dieses Zimmer mit dem uralten Mann aus einer anderen Welt. Erwachsene Leute benahmen sich so, im zwanzigsten Jahrhundert, am hellichten Tage, verstellten sich und spielten Verstekken. Die reine Gespenstergeschichte.

Sie fragte: »Ist es etwas Gefährliches?«

Er hob die Hände zur Decke. »Gefährlich! Was bedeutet gefährlich? Wir sind immer in Gefahr. Mitten im Leben sind wir vom Tode umgeben . . . mors certa, hora incerta . . . sicher ist uns der Tod, nur die Stunde ist ungewiß . . .«

Barbara beugte sich vor. Im Augenblick war ihr nicht nach lateinischen Sinnsprüchen zumute. »Doktor Meise«, sagte sie eindringlich. »Glauben Sie, daß es etwas Gefährliches ist?«

Er hielt die Hände still, sah ihr ins Gesicht. Seine Stimme veränderte sich nicht, als er antwortete. »Nun, mein Kind . . . man soll keine Furcht haben, und man soll niemandem welche machen. Es wäre unrecht von mir, wenn ich es täte. Ich weiß auch viel zuwenig von alledem, und vielleicht hätte ich gar nichts erzählen sollen. Ich möchte nur, daß Sie Jakob vertrauen und nicht falsch von ihm denken. Von keinem von ihnen allen sollen Sie falsch denken. Ich habe keine Ahnung, womit sie sich abgeben müssen. Aber ich könnte mir denken, daß der eine oder andere von ihnen dabei zu Schaden kommt . . . vielleicht auch zu den unsterblichen Göttern.«

»Zu den unsterblichen Göttern«, wiederholte sie.

Er ergriff ihre Hände. »Aber beunruhigen Sie sich nicht! Ich bin ein alter Trottel! Es sind meine eigenen Hirngespinste! Ich wollte nur Ihre Frage beantworten und Ihnen erklären, was Sie nicht verstehen an Jakob und an den anderen!«

Barbara zwang sich zu einem Lächeln. Er hatte ihr etwas erklärt, aber gleichzeitig ihre Unruhe gesteigert. Es war etwas Beklemmendes in seinen Worten, sie wußte nicht, weshalb er überhaupt so mit ihr sprach, es mußte eine Bedeutung haben, die sie nicht erkannte.

»Es war so nett von Ihnen«, sagte sie.

Er hob den Finger mit komisch ängstlichem Gesichtsausdruck. »Aber verraten Sie mich nicht! Ich kriege sonst kein Bier mehr von Friedrich!«

»Bestimmt nicht.« Sie wollte jetzt fort, heraus aus diesem Zimmer, ein Betrunkener, ein Kranker, der ihr angst machte, es war genug für heute. Noch etwas fiel ihr ein. »Doktor Meise«, sagte sie zögernd. »Könnte man . . . an irgend etwas erraten, wann sie . . . wann es gefährlich wird mit ihnen?«

Er faßte mit der Hand an sein Kinn. Zum erstenmal sah sie einen fremden Ausdruck in seinen Augen, den sie nicht zu deuten wußte. Ein holzgeschnitzter Kopf mit einem uralten Gesicht. »Tja, mein Kind . . . das ist sehr, sehr schwer zu sagen. Sehr schwer.« Seine Stimme sang wieder. »Es könnte, nach meinem unsicheren Urteil, etwas bedeuten, wenn sie . . . wenn sie irgend etwas gemeinsam unternehmen . . . etwas, wo sie alle zusammen sind . . .«

»Was?« fragte Barbara.

»Nun, ich könnte mir denken . . . wenn sie zum Beispiel einen Ausflug machen«, sagte Doktor Meise.

Am Abend dieses Tages war der Feigling allein. Zum erstenmal seit langer Zeit störte ihn die Einsamkeit und die Stille der Wohnung. Ein paarmal ging er hinaus, um etwas zu trinken, im Spiegel auf dem Flur sah er sein verschwollenes Auge, und er dachte an Barbara, die er nicht mehr sehen würde. Vom zweiten Mai bis zum siebenundzwanzigsten, knappe vier Wochen, schön war es gewesen und viel zu kurz. Keinen Zweck, daran zu denken.

Der Anruf kam um halb neun, Jakob Hase hatte darauf gewartet.

»Na, Johann Jakob«, sagte der Meister, »was macht die Pupille?«

»Schön blau«, antwortete der Feigling. »Indigo.«

»Kann ich mir denken. Schlägt der Junge hart?«

»Mittel. Hab' schon mehr Prügel gekriegt.«

»Ja, leider, ich auch. Und noch dazu von Leuten, in deren Gewichtsklasse ich gar nicht war. Ja, sehr schön, daß du dich friedlich verhalten hast, mein Lieber. Hast ihm auch noch die andere Backe hingehalten. Wie es die Bibel empfiehlt. Bist unser Renommierfeigling.«

»Natürlich.«

»Hm. Glaube nicht, daß der Boy zu den feindlichen Indianern gehört. Aber wissen kann man's nie. Werde mich darum kümmern. Dein Bärbelchen wird heftig enttäuscht sein.«

»Ohne Zweifel.«

»Andererseits . . . ganz erloschen ist ihr Interesse nicht.«

»Wieso?«

»Sie hat heute ein bißchen Detektiv gespielt.«

Der Feigling nahm den Hörer in die rechte Hand und legte die linke auf sein Auge. »Was?«

»Jaja. Sie war bei Günther in seiner Stinkhöhle, kam zufällig vorbei, Parfüm holen und so. Der Gute war voll bis zur Binde. Sie mußte ihn auf seinen Thron heben, und dann lallte er ihr was vor von Napoleon und Ägypten. Viel hat sie nicht erfahren. Ja. Und dann ist sie zum alten Meise durchgestoßen, ans Sterbebett. Da wollte sie auch erst auf Krankenbesuch machen, aber dann brachte sie's nicht übers Herz, dem alten Mann ins brechende Auge zu schwindeln. Sie wollte wissen, was mit dir los ist, warum du so feige warst . . .«

»Meine Pflicht, werde dafür bezahlt.«

»Jaja. Du bist dein Geld wirklich wert, Jakob Angsthase. Aber das süße Kind wollte zornentbrannt ihre Bilder holen, die sie dir verehrt hatte in einer Stunde der Zuneigung. Und dabei hat sie dein Kreuzchen gefunden.«

Ein Gefühl pelziger Kälte kroch dem Feigling an der Wirbelsäule hoch. Er rührte sich nicht und schwieg.

»Da begann der böse Wurm des Zweifels an ihr zu nagen, Jakob. Sie suchte im Telefonbuch nach Adressen, aber sie fand nur Meise und Napoleon den Vierten. Und so erfuhr auch ich von ihrer Tätigkeit. Die Welt ist zu klein. Alles spricht sich herum.«

Hase stieß den Atem scharf in den Hörer. »Verflucht«, sagte er. »Meinst du, sie . . .«

»Nein, nein. Die Zentrale hat ihr gute Zensuren gegeben. Ich auch. Sie wird dich mögen, das ist alles. Aber du siehst, wie man aufpassen muß.«

»Ich sehe es.« Sein Gesicht war jetzt böse und hart, ohne daß er es bemerkte. »Was soll ich machen?«

»Das will ich dir sagen, du trüber Casanova. Du legst dich auf dein Schmerzenslager und kühlst dein Auge. Recht regelmäßig. Es muß bald wieder normal aussehen und nicht beim Schießen hindern. Und dann faltest du die Patschhändchen und betest recht schön, daß du lebendig heimkommst am Dienstag.«

»Dienstag?« Sein Hals wurde trocken. »So plötzlich?«

»So plötzlich. Die Zentrale erzählt immer alles in letzter Minute.«

»Ganz gut. Weniger Zeit für die vollen Hosen.«

»Genau. Die Herrschaften sind unterwegs. Das Empfangskomitee wird gebraucht. Schwarzer Anzug erbeten.«

»Alle Achtung. Nichts geht über gute Verbindungen. Wird jemand beerdigt?«

»Weiß ich noch nicht. Vielleicht der Herr, der Willy das Reisegeld geliehen hat. Vielleicht auch wir selbst. Ist dein Nachlaß geordnet?«

»Ich hab' schon 'ne Grabinschrift.«

»Warst immer schon unser Ordentlichster«, sagte der Unbekannte. »Näheres folgt. So long.« Dann machte er Schluß.

Der Feigling hielt den Hörer am Ohr fest und hörte das Freizeichen, klagend und endlos.

Die Stimme. Wo hatte er die Stimme schon gehört? Sie war verstellt, ausgezeichnet, aber es war etwas drin, was er kannte und was der andere nie herausbringen würde.

Gleichgültig. Es war alles ziemlich gleichgültig jetzt. Es ging los, dann würde es vorbei sein, so oder so. Endlich. Viel besser als die Warterei.

Er drehte ein Ohr zur Tür, legte den Hörer voller Behutsamkeit zurück.

Draußen hatte es geklingelt.

Wieder klingelte es an der Wohnungstür des Feiglings, diesmal länger, dringender. Jakob Hase hatte die Worte des Chefs noch im Ohr:

Das Reisegeld für Willy ins Jenseits. Kam jemand, um es auch ihm zu bringen?

Der Revolver war in einem schmalen Fach unter der Marmorplatte des Fensterbretts, nicht leicht zu finden, aber schnell zu erreichen. Beim Durchladen knackte er, die Sicherung machte nur ein leises Klicken. Der Feigling schob ihn in die Tasche und behielt die Hand darin. Er ging zur Korridortür, drückte auf den Öffner und wartete, bis er die Fahrstuhltür hörte und Schritte im Treppenhaus. Er richtete den Lauf des Revolvers in der Tasche auf die Tür. Dann ging er tief in die Knie und öffnete mit der linken Hand.

Draußen stand Barbara. Ihre Tasche hatte sie über die Schulter gehängt. In der linken Hand hielt sie ein kleines Paket. Sie sah über den Feigling hinweg ins Leere, dann herunter zu ihm mit überraschten Augen.

»Was machst du denn?«

Er nahm die Hand aus der Tasche, kam langsam hoch. »Ich übe Abducken«, sagte er. »Wollte nicht wieder eins aufs Auge kriegen.«

Sie schloß die Tür. »Tut's noch weh?«

»Ja.«

»Armer Greis.«

Sie sagte es aufrichtig, und der Feigling wunderte sich und freute sich zugleich. Der Gürtel ihres Regenmantels war eng angezogen, am liebsten hätte er um diese Taille gefaßt und Barbara geküßt, aber er half ihr beim Ausziehen und hängte den Mantel auf.

Sie trug wieder das weiße Leinenkleid wie am ersten Tag, die fleischgewordene Unschuld und Verführung. Alle Erinnerungen kamen wieder wie ein Bündel Pfeile.

»Ich dachte nicht, daß du noch mal erscheinen würdest«, sagte er.

»Ich will nur was abgeben.«

Im Zimmer packte sie das Päckchen aus. Ein halbes Pfund

Beefsteak-Tatar von der besten Sorte. Der Feigling sah verblüfft darauf hinunter.

»Ich hab' schon gegessen«, sagte er.

»Das ist nichts zum Essen. Ist prima für blaue Augen. Saugt alles raus. Paß auf, ich mach dir ein Pflaster damit.«

Er konnte nichts erwidern. Alles mögliche hatte er erwartet, nicht das. Tatar. Sie war das süßeste Mädchen oder die raffinierteste Agentin des Erdballs. Der Chef hätte sie sehen müssen.

»Kopf zurück! Augen zu!« sagte sie.

Er lehnte den Kopf nach hinten. Im nächsten Moment spürte er den Fleischbrei auf dem geschwollenen Polster über dem linken Auge. Barbara kicherte und knetete mit den Fingern daran herum.

»So, nun Hand drauf! Prima! Sollst sehen, wie das hilft!«

»Muß ich es die ganze Nacht festhalten?«

»Natürlich! Bis morgen früh, dann wechseln. Ist noch genug da. Warte, ich wasch mir die Hände.«

Sie lief hinaus. Er öffnete das rechte Auge, stand schnell auf.

Er sicherte den Revolver und legte ihn lautlos an seinen Platz zurück.

Barbara kam, als er längst wieder saß.

»Wie fühlst du dich?«

»Fabelhaft. Klebt ein bißchen.«

»Daran gewöhnst du dich. Willst du rauchen?«

»Ausnahmsweise. Hab' eine Hand frei.«

Sie gab ihm die brennende Zigarette. Er schwieg und sah sie an. Nach einer Minute sagte sie: »Es tut mir leid wegen gestern, Greis.« Ihr Gesicht hinter dem Rauch war ziemlich zärtlich.

»Warum? War meine Schuld.«

»Nein. Es war meine. Ich hätte Jens nicht mitbringen sollen.«

»Du kannst mitbringen, wen du willst.«

»Ich war so wütend . . . hatte mich geärgert über die blöde Geschichte mit dem Heiraten . . . da hab' ich ihn mitgenommen, um dich zu ärgern . . .«

»Du hast es geschafft. Und ich hab' die Prügel gekriegt.«

»Du warst blau. Daran lag es.«

»Ich hätte sie auch nüchtern gekriegt. Ich bin nun mal kein Held, Bärbel. Deswegen auch der Streit mit dir übers Heiraten.«

Sie schwieg. Sie dachte an das Kreuz in seinem Schrank und an die Worte des alten Doktors.

Er log, sie wußte es, aber sie konnte nicht fragen, warum, er würde weiter lügen.

Der Feigling sah sie an, mit einem Auge nur, es reichte vollkommen. Sie war wiedergekommen. Es fiel ihm jetzt so schwer, sich zu verstellen. Viel schwerer als früher. Nicht mehr lange, zwei Tage noch, konnte sein, daß er sie nie mehr sehen würde. Da sollte man noch Theater machen.

»Greis?«

»Yes, Ma'am?«

»Vertragen wir uns wieder?«

»Haben wir schon. Tatar leimt alles.«

Sie lächelte. Er hatte Sehnsucht, über ihre Beine zu streicheln, aber er blieb sitzen und hielt das Tatar fest. Sie beugte sich vor. »Häschen . . . hättest du am Dienstagabend Zeit?«

Der Feigling schloß das rechte Auge, als hätte ihn ermüdet, es offenzuhalten. Ein Verdacht schoß in ihm hoch, häßlich und schwer. Aber die Worte des Chefs fielen ihm ein. Gute Zensuren.

»Warum? Kindtaufe?«

»Quatsch nicht so blöd. Bei uns in der Hütte ist 'ne Party. Geburtstag von Wirtin Wundermild. Ich brauche einen Tischherrn, der immer schön einschenkt und viel mit mir tanzt.«

»Kann Jens das nicht machen?«

»Greis!«

»Verzeihung. Ich dachte nur, er wird mir das andere Auge auch blau hauen, und das Tatar langt nicht für zwei.«

»Jens ist gar nicht da. Kommst du?«

Der Feigling sprach langsam und freundlich. »Ich käme, Fräulein. Trotz Jens und Blessur und Aussicht auf neue Schmach.«

»Aber?«

»Aber es geht nicht am Dienstag.«

»Hast du schnell ein anderes Mädchen? Nur wegen des bißchen Ärgers?«

»Bißchen ist gut«, sagte er grinsend. »Nein, ich habe kein anderes Mädchen. Aber durstige Brüder im Biere. Und mit denen mache ich am Dienstag einen Ausflug.«

Barbara wollte den Schreck unterdrücken. Etwas davon kam in ihr Gesicht. Ausflug. So schnell. Sie hatte nicht mehr daran gedacht, hatte den Alten vergessen mit seinen verworrenen Andeutungen.

Ausflug.

Der Feigling hatte sie beobachtet.

»Was ist! Erschüttert? Kleine Herrenpartie, weiter nichts. Wanderstab, Feldflasche mit vier Sternen und ein frisches Lied auf den Lippen. ›Ja, die Morgenfrühe, das ist unsere Zeit!‹«

Sie hatte sich wieder in der Gewalt. Sie nahm eine neue Zigarette.

»Macht ihr das oft?«

»Eigentlich nicht. Manchmal nur einmal im Jahr, zweimal, je nach Laune und Wetter. Meistens zu Himmelfahrt, wie sich's gehört, aber diesmal hat's nicht geklappt. Sonst wären wir schon am elften losgezogen.«

»Kommen alle mit?«

»Weiß nicht. Friedrich bestimmt nicht, weil der seinen Saftladen betreiben und Kopeken verdienen muß. Der alte Meise wird noch nicht wieder hoch sein. Bei Zahmeis ist es fraglich, der hat was gegen Wanderungen. Wir müßten ihn sowieso auf einer Bahre heimschleifen. Die anderen werden schon mitkommen.«

Sie war plötzlich bei ihm, auf der Lehne des Sessels.

»Greis . . . ich hab' mich so gefreut. Geht es wirklich nicht?«

»Es geht wirklich nicht, Bärbelchen«, sagte er leise. Er küßte sie sanft, es war nicht einfach mit dem Fleischkloß im Gesicht. Ihr Haar knisterte. »Hast du ein anderes Parfüm?«

Sie wich etwas zurück. Es war die Mixtur des besoffenen Zahmeis auf ihrer Haut. »Ich weiß nicht. Kann sein. Manchmal wechsle ich.«

»Hm.« Er schnupperte an ihr herum. »Kam mir so fremd vor. Vielleicht macht's das Tatar.«

»Mußt du unbedingt am Dienstag? Wird doch nur eine Riesensauferei, wie immer bei euch!«

»Ich muß mit. Kameraden darf man nicht im Stich lassen, du weißt es.«

»Ach was, Kameraden! Dich haben sie auch im Stich gelassen, als die Keilerei mit Jens war! Keiner hat dir geholfen! Gefreut haben sie sich noch!«

Er zupfte sie an der Nase. »Die Geschichte ging nur Jens und mich an. Boxen ist eine Sache für zwei. Außerdem sind sie alle genauso gebrechlich wie ich. Keine Luft, keine Kraft. Jens hätte auch sie noch verdroschen. Denk an die Kosten fürs Tatar.«

Auf einmal preßte sie sich an ihn, hastig, unvorhergesehen, er spürte ihren Atem an seinem Ohr, sein Hals war ganz verbogen. »Ach, Greislein! Bleib doch da!«

Wieder beschlich ihn das Gefühl, sie könnte etwas ahnen oder wissen, Frauen waren manchmal näher an der Wahrheit als der beste Agent. Behutsam schob er sie von sich und sah sie an.

»Ihr seid doch komische Wesen, ihr Weiber! Am Dienstag bist du wutentbrannt davongestürzt, wie Elisabeth nach ihrem Krach mit Maria Stuart. Gestern hast du mir die Prügel gegönnt wie keinem zweiten auf der nördlichen Halbkugel. Und heute tust du, als gingen wir in Shorts und Sandalen auf eine Südpolexpedition, um Amundsen zu besuchen! Was ist denn schon an der Landpartie? Mittwoch bin ich daheim, dann holen wir unseren Abend nach, und am Sonnabend kommst du wieder mit zu Friedrich, dem Groben. In Ordnung?«

»Wohin fahrt ihr?« Ihre Stimme klang kläglich.

»Keine Ahnung.« Er sagte die Wahrheit. »Wird erst noch beschlossen vom Aufsichtsrat. Du harrst als sorgende Witwe am häuslichen Feuer, und wenn ich auferstanden bin von den Besoffenen, windest du mir Blüten ums schlachtgehärtete Haupt und gießt den Balsam deiner Zuneigung in meine Wunden. Machst du das?«

Beide wußten sie, daß sich hinter den hingeworfenen Worten etwas verbarg, keiner sprach es aus, jeder lächelte den anderen an. Er nahm vorsichtig die Hand vom Auge. Das Tatarpflaster hielt von selbst.

Barbara lachte. »Wie ein Monokel! Fehlt nur die Schnur!«

»Zerbrechen kann es kaum.«

Sie küßte ihn wieder. Sie hätte bei ihm bleiben können, die ganze Nacht. Sie wollte nicht. Es würde nur schlimmer sein, morgen früh fortzugehen. Lieber gleich. So ein dummes, kindisches Gefühl, als müßte sie auf ewig Abschied nehmen, alles Unsinn. Halluzinationen des alten Mannes und ihre eigenen. Vertrauen sollte sie haben, hatte er gesagt. Er hatte recht. Es würde weniger hinter der ganzen Geschichte stecken, als sie sich einbildete. Es mußte wohl daran liegen, daß sie den Greis liebte, diesen Jakob Hase mit dem blauen Auge. Sie stand schnell auf.

»Ich muß nach Hause.«

»Du mußt nach Hause«, wiederholte er.

Vor der Korridortür blieben sie stehen. Sie zog ihren Mantel an, der Feigling half mit einer Hand. Sie strich über sein Gesicht. »Greis . . . wenn du zurück bist . . . rufst du mich gleich an?«

»Ich rufe dich gleich an.«

Die Furcht kam wieder, wie eine lähmende Droge. »Wenn doch schon Mittwoch wäre!«

»Es wird Mittwoch«, sagte er leise. »Es kann gar nicht anders, als Mittwoch werden. Es ist noch immer Mittwoch geworden. Drei Tage. Dann gehen wir zum Chinesen und trinken Reisschnaps, und ich erzähle dir, wer wieviel gesoffen hat und wo er hineingefallen ist.«

»Mittwoch abend?«

»Mittwoch abend.«

Sie hob sich auf die Zehenspitzen, küßte ihn auf die Stirn.

»Hm! Wie das duftet!«

»Den Rest esse ich morgen zum Frühstück«, sagte er. »Viel zu schade als Pflaster.«

»Denkst du dabei an mich?«

»Ununterbrochen.«

Er hielt die Tür auf. Als Barbara vor dem Fahrstuhl stand, sah er hinaus zu ihr. »Bärbelchen . . . was ist mit Jens?«

»Nichts ist. Es hat ihn nie gegeben.«

Er nickte, lächelte, freute sich, schloß die Tür.

Sie war bald zu Hause und schlief, vier Kilometer von dem Feigling entfernt, und hatte ein paarmal Angst um ihn im Traum.

Am Vormittag ging sie zur Universität, aber sie dachte viel nach und hörte wenig von dem, was erzählt wurde. Als sie den Hörsaal verließ, kam ihr ein Einfall. In einem der hinteren Flure waren Telefonzellen. Die Nummer fand sie schnell wieder. Nach einer Weile meldete sich die Stimme, schwach, aber unverkennbar.

»Barbara Thomann«, sagte sie. »Guten Tag, Doktor Meise!«

»Ach, mein Kind!« Es klang, als wäre er ungeheuer selig.

»Wie geht es Ihnen?«

»Besser. Viel besser. Die Götter brauchen mich noch, hier unten.«

»Das ist aber nett von den Göttern«, sagte sie. »Herr Doktor . . . wenn ich Sie gestört habe, tut es mir leid . . .«

»Sie stören mich nie!«

»Ich wollte nur sagen . . . ich glaube, es ist soweit.«

Nach einer kleinen Pause fragte er: »Was, mein Kind?«

»Der Ausflug.«

Die nächste Pause war länger. »Ach. Sind Sie sicher?«

»Ich war gestern abend noch bei Jakob. Er hat es mir erzählt.«

»Das war lieb von Ihnen! So lieb! Wann soll es denn sein?«

»Morgen.«

»Morgen schon! Da bin ich aber traurig! Da werde ich nicht mitkommen können. Ich wäre nur eine Last für sie, nur eine Last. Hat er gesagt, wo sie hinfahren?«

»Nein. Es würde erst ausgemacht. Sie wollen die Himmelfahrt nachholen.«

Ein Student mit kühnem Haarschnitt blickte ungeduldig ins Innere der Zelle.

Barbara wartete.

»Himmelfahrt!« Der Alte sang wie ein Pfarrer in der Kirche. »Ein bezauberndes Wort! Ich sehe sie deutlich vor mir, wie sie es nachholen!«

Sie hatte keine Lust, seine Begeisterung längere Zeit anzuhören. »Herr Doktor . . . ich bin hier in einer Zelle, muß Schluß machen . . . glauben Sie, daß man . . . daß man Angst haben muß?«

»Aber nicht doch! Denken Sie nicht mehr an mein dummes Gerede! Was sollen wir uns beunruhigen! Am Sonnabend sehen wir uns alle wieder, und dann wird gefeiert! Kommen Sie auch?«

»Ich komme«, sagte Barbara hastig. »Recht vielen Dank, Herr Doktor! Gute Besserung!«

»Ich danke Ihnen, mein Kind! Vielen, vielen Dank, daß Sie mir Bescheid gesagt haben! Die hätten glatt vergessen, es mir zu sagen! Es ist das Los des Alters, vergessen zu werden; auf Wiedersehen, auf Wiedersehen!«

Barbara verabschiedete sich und hängte ein. Der Ungeduldige blickte sie grimmig und durchdringend an. Sie lächelte und ging weg.

Die Worte des Doktors hatten sie beruhigt. Es war wirklich alles Unsinn. Gut, daß sie angerufen hatte.

So dachte Barbara und wußte nicht, daß das ihr letztes Gespräch mit Doktor Meise gewesen war.

Die drei Männer hockten auf der niedrigen Bank, dicht aneinandergedrängt. Es war alles wie ein schlechter Film, der kahle Bauch der Militärmaschine, mattes, bläuliches Licht von wenigen Lampen und von der Kanzel der Piloten her, die unförmigen Pakete der Fallschirme über den Kombinationen, aber es störte sie nicht, sie hatten es oft mitgemacht, sie waren gleichmütig. Die Motoren dröhnten und vibrierten, das Geräusch bohrte sich ins Gehirn, es war fast beruhigend und vertrieb die eigenen Gedanken.

Karel sah friedlich aus. Er war der Führer der Gruppe, er hatte viel getan für sein Land, und die Arbeit machte ihm Freude. Nur das Gesicht paßte nicht dazu, aber es war das Gegenteil seines Wesens, eine Tarnkappe, die oft geholfen hatte. Er trug ein schwarzes, zweigeteiltes Bärtchen auf der Oberlippe, und seine braunen Augen in dem gelben Oval des Gesichtes waren voll heiterer Resignation, als könnten sie jeglichen Ärger voraussehen und wären überzeugt von irgendeinem Sieg. Auf der Karlsbader Promenade hätte er flanieren können oder auf dem Kärtner Ring, ein friedlicher pensionierter k.u.k. Rittmeister auf dem Weg zu einem Kaffeehaus, mit nichts anderem im Sinn als seiner Zeitung und der Partie Billard mit einem Freund.

Stefan, der Mann rechts neben ihm, konnte man den Beruf eher ansehen. Auch er war schwarz, mit einem wilden Zigeunergesicht, er war Partisan gewesen und war es noch heute, aber in Europa liefen viele solcher Leute umher, wer konnte noch sagen, was der einzelne tat?

Links von Karel saß Klement. Er hielt die Augen geschlossen. Auch er sah harmlos aus, er war kleiner und fetter als die anderen, und der Fallschirmsack machte ihn zu einer gemütlichen, gurkenförmigen Gestalt. Er hatte kleine Augen und Borstenhaar, seine Lippen spitzten sich immer, wenn er sprach. Aber das kam selten vor, er döste, er lächelte, eine Zweitausgabe des braven Soldaten Schwejk. Nur wer ihn genauer kannte, konnte den Irrtum ermessen. Manche hatten davon erfahren, aber sie würden nichts mehr erzählen. Er war der Typ des Geheimagenten, den nichts schreckte und nichts berührte, der Kindern Märchen erzählen und zwischen Toten ruhig schlafen konnte.

Karel faßte die beiden neben sich im Genick. Er sprach so, daß seine Stimme gerade noch verständlich war im Singen der Motoren. Er zog ihre Köpfe zu sich heran. »Es werden ein paar Leute kommen, die nicht eingeladen sind«, sagte er. »Sie waren so nett, uns zu verständigen. Deswegen die Eile. Ich hoffe, der hastige Aufbruch hat euch nichts geschadet.«

Sie schwiegen. Es gab nichts, was ihnen schaden konnte, außer einer Kugel im Herzen.

»Wir sind somit . . .« Karel gebrauchte gern das Wort ›somit‹ ». . . eine Nacht früher da als geplant. Das Quartier steht bereit. Die Besucher werden erst morgen kommen nach unseren Informationen, und sie werden denken, sie seien vor uns da. Wie günstig! Man hat etwas Zeit, sich um alles zu kümmern.«

»Warum verkrümeln wir uns nicht gleich?« fragte Stefan. Er haßte die gewählte Ausdrucksweise.

»Es ist eine wunderbare Gelegenheit, einige von ihnen auszuschalten. Die schnüffeln dann schon mal nicht hinter uns her. Sie werden staunen, wenn sie merken, daß die Pension besetzt ist. Hinterher verschwinden wir. Alles übrige bleibt wie geplant. Hat jemand noch eine Frage? Wir werden bald aussteigen müssen.«

»Warum wissen die überhaupt, daß wir kommen?« fragte Klement. Seine Augen öffneten sich kaum. Karel strich über seinen Schnurrbart.

»Warum? Das ist leider so in diesem häßlichen Beruf, mein Lieber. Überall Verräter. Du kannst zwanzig Jahre mit deinem besten Freund arbeiten, und auf einmal wird er erschossen. Weil sich herausgestellt hat, daß er seit zehn Jahren für die Gegenseite beschäftigt war. Was für eine Enttäuschung. Du weißt es doch, Klement.«

Der andere nickte.

»Wir haben noch Glück, daß auch bei ihnen unzuverlässige Elemente sitzen . . . sonst wären wir ihnen morgen vor die Kanone gelaufen wie die Zinnsoldaten.« Sein verbindliches Gesicht wurde plötzlich hart, unbarmherzig. »Jetzt wird es umgekehrt sein. Freust du dich, Klement?«

Klement nickte langsam, mit geschlossenen Augen.

Dann öffnete sich die Tür zur Kanzel ganz. Sie blickten auf. Der Funker sah sie an. Er deutete auf seine Armbanduhr, hob zwei Finger der rechten Hand. Karel nickte. Der Funker verschwand. Sie standen auf.

Nebeneinander traten sie vor die Schiebetür. Karel als erster. Die eiserne Platte glitt zur Seite. Ein pressender Luftstrom fauchte herein, zerrte an den Gesichtern.

»Zieht nicht zu früh!« schrie Karel durch den brüllenden Lärm.

»Wir sind ziemlich hoch. Und paßt auf vor dem Sammeln! Unten treiben sich Jäger und Grenzer herum!«

Die anderen nickten. Neben der Tür flammte ein rotes Licht auf. Klein und grell, alle zwei Sekunden. Die Männer starrten darauf mit verkniffenen Augen. Es blinkte endlos, gefühllos, in grausamem Gleichmaß.

Dann blinkte es grün.

Karel fiel als erster. Die beiden anderen folgten, jeder mit vier Sekunden Abstand. Die Maschine über ihnen zog eine weite Schleife. Drei Körper wirbelten durch grenzenloses Dunkel und ungeheure Einsamkeit.

Barbara hatte Furcht.

Sie war fort gewesen, verschwunden, aber jetzt war sie wiedergekommen und wich nicht mehr.

Es war halb neun. Dienstag abend. Sie hatte den Greis noch anrufen wollen am Nachmittag. Nichts. Niemand hatte sich gemeldet.

Er war nicht mehr da.

Sie saß in ihrem Zimmer, die Lampe brannte auf dem Schreibtisch, sie hatte versucht zu lesen. Es ging nicht. Rauchen half nicht, Kognak hatte sie getrunken. Nichts half.

Sie konnte mit niemandem darüber sprechen. Mit dem Alten vielleicht, aber sie wollte nicht mehr, sie kam sich lächerlich vor und albern. Warten mußte sie, nur abwarten. Gerade das lag ihr so wenig.

Sie trank ein Glas mit Kognak zum dritten Male aus. Es war sehr voll gewesen, die beiden ersten auch. Die Unruhe blieb, aber man wurde etwas verwegener, und das Blut strömte rascher.

Natürlich! Das war eine Idee.

Sie war schon auf der Straße, als sie überlegte.

Wer konnte in der Kneipe sein? Der Wirt, Zahmeis, wenn sie Glück hatte der Alte. Ein paar Leute nur, man konnte mit ihnen sprechen, etwas erfahren.

Das Transparent mit der Biermarke war ein Kern von trübem Licht in der Dunkelheit. Das große Fenster war matt erleuchtet, der schmutzige Vorhang hielt das Licht zurück. Sie öffnete die Tür.

Der eiskalte Blick des Wirtes kam von der Theke her. Eine Stimme quäkte: »Fritz! Wer wagt es, unseren Frieden zu stören! Wirf ihn den Geiern zum Fraße vor!«

Zahmeis saß an seinem gewohnten Platz. Er hob die Augen, zog die Stirn kraus. Seine winzigen Fäuste fuchtelten. »Haha!

Kleopatra im Regenmantel! Ich lebe 2000 Jahre zu spät! Willkommen! Fritz gib ihr 'n Bier!«

»Guten Abend, Herr Zahmeis.« Sie wußte nicht, wo sie sich hinsetzen sollte. Aus dem Mantel half ihr niemand, wer sollte auch.

Sie hing ihn an den Ständer, der neben dem Spielautomaten stand. Eigentlich wollte sie an die Theke gehen. Aber die Brillengläser machten ihr Angst. Sie setzte sich an den Tisch zu Zahmeis.

Neben ihr knarrte die Stimme des Wirtes. »Wo is'n der junge Herr?«

Sie versuchte, erstaunt auszusehen. »Wer bitte?«

»Der wo am letzten Male so forsch war. So kräftig.«

»Keine Ahnung. Wo ist bitte Herr Hase?«

Das Bier wurde neben sie geschoben, ohne jede Verbindlichkeit. Friedrich war schon wieder weg. Zahmeis versuchte, nach seinem Glas zu greifen. Er warf es in einem kühnen Bogen um. Das Bier floß in einem Schwall über Barbaras Kleid.

Barbara holte kurz aus. Sie überlegte es sich und hielt inne.

»Um Gottes willen! Fritz! Einen Schwamm! Ich habe sie benetzt!«

»Das Kleid ist imprägniert«, sagte Barbara. Es gelang ihr nicht, wütend zu werden.

»Imprägniert! Wunderbar!« Zahmeis schwenkte das leere Glas. »Ein Kleid aus Batist! Meine Unterhosen sollten Sie sehen! Haha! Schießbaumwolle! Ein Funken und sie detonieren! Achtzig Megatonnen! Ein einziger Funken! Fritz! Gib ihr ein neues Bier! Und ein neues Kleid!«

Der Wirt kam zurück. Er brachte neues Bier und fuhr mit einem Lappen über die Tischplatte. Trocken wurde sie nicht. Barbara lächelte in seine Brillengläser. »Herr Wuck – was macht Herr Hase?«

»Das ist mir scheißwurscht«, sagte der Wirt.

»Aber mir nicht.« Sie machte ihre Trotzunterlippe. »Ich weiß auch, was er tut. Er macht einen Ausflug.«

Zahmeis drehte den Kopf. Seine Augen waren ohne Verständnis. »Ausflug? Was für einen Ausflug?«

»Ja. Jakob hat es mir erzählt. Ich wollte ihn zu mir einladen für heute abend. Da hat er von der Herrenpartie erzählt. Ich habe gedacht, er schwindelt – deswegen frage ich.«

Zahmeis glotzte den Wirt an. »Hast du es gewußt?«

Wuck nickte.

»Ha! Warum hat man mir nichts gesagt! Verräter! Mich nicht mitzunehmen! Mich, den Kaiser! Werde sie alle füsilieren lassen! Beim Morgengrauen!«

»Geh, red nicht!« Der Wirt sah mit erheblicher Verachtung auf den Kaiser hinunter. »Dich hätten sie doch nur mit der Feuerwehr von einer Kneipe zur anderen transportieren müssen!«

»Na und?« Zahmeis schien nichts dabei zu finden. »Früher bin ich in einer Sänfte getragen worden! Diese Schurken! Deserteure!«

»Machen Sie sich nichts daraus, Majestät.« Barbara strahlte ihn an. »Doktor Meise hat auch nichts gewußt. Ich hab' ihn angerufen gestern – wegen einer anderen Sache –, sie haben ihn auch nicht mitgenommen.«

»Was sollen sie auch mit dem alten Knacker«, sagte der Wirt. Er ging zur Theke zurück.

»Richtig! Der Kalk rieselt ihm aus der Hose! Kann sich kaum halten auf seinen wackligen Ständern!«

Zahmeis stand auf. Es zeigte sich, daß er nicht besser auf den Beinen war. Er taumelte hinaus. Das Futter seiner rechten Hosentasche hing nach außen. Die Tür zur Toilette knallte hinter ihm zu.

»Herr Wuck«, fragte Barbara. »Wo sind die denn hingefahren?«

Er stand mit dem Rücken zu ihr und hantierte am Regal mit den Gläsern. Er wandte sich nicht um. »Keine Ahnung. Weit wird's nicht sein. Endet eh' im Wirtshaus.«

Es polterte. Herr Zahmeis kam zurück. »Fritz! Dein Lokus ist verstopft! Blockiert! Aber es ist Porzellan! Delft! Blaßblau bemalt, von Rembrandt persönlich! Ja!«

Barbara ließ ihn auf seinen Platz. Ihr Kleid klebte. Hier war nichts mehr zu erfahren. Aber sie war nicht allein und fühlte sich merkwürdig wohl mit den beiden Männern. Ihr fiel ein, daß sie den Greis an diesem Tag vier Wochen kannte, genau vier. Ein Dienstag war es gewesen. Vor der Universität.

»Darf ich mal einen ausgeben?« sagte sie mit einem plötzlichen Entschluß. »Heute kenne ich Herrn Hase genau vier Wochen. Und nun ist er nicht da!«

Zu ihrem Erstaunen lächelte der Wirt hinter seiner Brille. Zum ersten Male.

Zahmeis starrte sie an.

»Was sagst du dazu! Fritz! Sie gibt einen aus! Sie stillt uns! Eine Amme! Ich werde sie in die Ehrenlegion aufnehmen!«

»Vielen Dank, Majestät.«

Friedrich kam mit drei Schnäpsen.

»Auf die Ausflügler!« rief sie und hob ihr Glas hoch. »Was werden sie jetzt machen?«

Keiner von beiden antwortete.

Sie fuhren in zwei Wagen hintereinander.

Im ersten saßen der Feigling und Schulz. Schulz fuhr. Fahren konnte er gut. Sechs Jahre lang hatte er einen Panzer gefahren, er mußte es können, es gab keinen Weg, der ihn schreckte. Seine Zigarre glimmte hinter der Scheibe. Er sprach nicht. Auch Jakob Hase schwieg. Er sah hinaus in das helle Band vom Licht der Scheinwerfer und dachte an Barbara.

Im Wagen dahinter fuhr Carls, der falsche Rechtsanwalt. Im Krieg war er Leutnant gewesen bei der Nachrichtentruppe, vielleicht hatte man ihn deswegen genommen zu dieser geheimen Arbeit, aber heute brauchte er nichts zu senden und nichts zu entschlüsseln.

Neben ihm saß der vierte Mann, der kleine Fuchs. Er freute sich auf die Nacht. Willy, den man hinterrücks erschossen hatte, war sein Freund gewesen. Er mußte jetzt an ihn denken, und hin und wieder lockerte er mit fast zärtlicher Bewegung die Waffe im Schulterhalfter.

Schulz vor ihnen gab Zeichen mit dem rechten Blinker.

Der Wagen, in dem der Feigling und Schulz saßen, wurde langsamer. Der Lichtkegel schwenkte nach rechts. Schulz bog von der Straße ab, ein holpriger Waldweg, schaukelnd kamen sie vorwärts. Zweige streiften an der Karosserie. Vorn erloschen die Scheinwerfer. Schulz fuhr mit Standlicht weiter, Carls tat das gleiche, es war nicht einfach. Brummend schoben sich die Wagen weiter, dunkle, fremde Ungetüme im schlafenden Wald. Sie fuhren eine Viertelstunde. Ein Stück weit bergauf, die Bäume wurden höher und standen dichter. Der Weg begann sich zu schlängeln. Schulz rauchte gemütlich, er sah im Dunkeln fast besser als mit Licht, aber Sebastian Carls war froh, daß er die roten Schlußlichter vor sich hatte.

»Wie uff de Jeisterbahn«, sagte der kleine Fuchs fröhlich. »Fehlt nur noch, det 'ne Hexe mit grünen Oogen ihr Nachthemde schwenkt. Un' alles ohne Eintritt.«

»Bier wäre mir lieber«, erwiderte Carls.

»Könnte dir so passen! Besoffen fahren in so 'n Jelände! Und so wat vertraue ick meine Jesundheit an.«

Carls antwortete nicht. Seine Augen bohrten sich in die Dunkelheit zum Vordermann, er mußte höllisch aufpassen.

Vorn sagte der Feigling: »Muß doch bald kommen, das verfluchte Ding! Kann 'ne Lichtung so schnell zuwachsen?«

»Gemach.« Schulz räkelte sich im Sitz. »Zwei Minuten, und sie wird sich öffnen vor unserem Auge! Des Zauberwaldes Bann ist bald gebrochen, Freund!«

»Von wem ist das nun wieder?«

»Von mir natürlich! Das mußt du am Wohlklang erkennen!«

»Ich erkenne weder den Wohlklang noch die Straße.«

Nach zwei Minuten kam die Waldschneise. Ein Einschnitt zwischen den schweigenden Bäumen, schmal, aber tief. Schulz schaltete in den ersten Gang. Er fuhr im Schrittempo weiter, etwa hundert Meter. Das Geräusch des Motors schien unermeßlich laut. Die Schneise öffnete sich zu einer ovalen Lichtung, dann war der Weg zu Ende. Die Stämme standen ringsum wie schweigende Palisaden. Schulz wendete den Wagen, er kam herum, ohne zurückstoßen zu müssen, bis er mit dem Kühler zur Schneise hielt. Hinter ihnen hoppelte der Wagen von Carls. Er fuhr dicht auf. Die Motoren verstummten, und die Lichter erloschen. Es war ganz dunkel.

Carls und Fuchs kamen nach vorn. Sie drückten die Türen leise in die Schlösser.

»Also, meine Herren«, sagte Schulz. »Nous voilà. Da wären wir. Uhrvergleich!« Sein Leuchtzifferblatt schimmerte. »Elf Uhr fünfunddreißig. Es reicht völlig, wenn wir gegen halb eins drin sind. Die Freunde sind für zwei Uhr gemeldet. Sie brauchen die dunkelste Stunde. Die Maschine hören wir wahrscheinlich, wenn wir uns Mühe geben. Alles andere ist klar. Erledigen, abhauen. Zurück hierher. Wer mit wem fährt, ist gleichgültig. Hat jeder seine Wagenschlüssel?«

Sie nickten. Hase fingerte noch einmal in seiner Tasche.

»Schön. In der Stadt verkrümeln wir uns, jeder in seinen Wigwam. Jeder meldet sich selber beim Meister per Telefon. Wer nicht rauskommt nachher, kann sich nicht mehr melden.«

Er schwieg einen Augenblick. Seine Zigarre glühte auf. Die anderen sagten nichts.

»Einer muß rauskommen«, fuhr Schulz fort. »Sonst weiß der Chef nicht, was los ist. Deswegen gehen wir ganz auf Nummer Sicher. Füchslein, du bleibst nachher am Waldrand sitzen, wie das nach dir benannte Tier. Reineke der Zweite. Kann passieren, daß die falschen Leute wieder rauskommen. Kapiert?«

»Si, si, Onkel Walter.«

»Vermutlich siehst du sie eher als wir. Vielleicht graben sie ihre Schirme ein, vielleicht nicht. Auf jeden Fall müssen sie erst ins Haus rein. Fang nicht vorher an herumzuballern. Dann haben wir mit Lichtgeschwindigkeit die ganze Gegend auf dem Hals.«

»Ick reiß mir am Riemen.«

»Schön.« Schulz drückte seine Zigarre am Aschenbecher aus. »Dann wollen wir mit dem Schweigemarsch beginnen. Und wenn wir Glück haben wie in früheren Zeiten, lehnen wir am Sonnabend vereint an Friedrichs Theke.«

»Oh!« Jakob Hase stöhnte leise. »Erinnere mich nicht daran! Wenn Licht wäre, würdet ihr sehen, wie ich leide!«

»Net wahr!« Carls drehte sich, klopfte auf seine Schulter. »Es ist ungewohnt, vorübergehend nüchtern zu sein! Tröste dich. Bald bist du wieder im süßen Dauerrausch!«

»Das walte Gott, Frau Wehrkreispfarrer.« Schulz öffnete die Tür. »Wohlauf, Kameraden, aufs Pferd, aufs Pferd! Ich reite voran!«

Sie stiegen aus. Schulz schirmte seine Taschenlampe mit der Hand ab. Sie leuchtete rötlich durch das Blut der Finger. Er schloß den Wagen zu. Hintereinander gingen sie auf die Mauer der Bäume zu, fast lautlos, eine Kette von Gespenstern.

Schulz sah in dem schwarzen Wald so gut wie vorher auf dem Weg. Er brauchte die Lampe kaum. Es war eine totale, ungeheure Finsternis um sie, als hätte es nie Licht auf der Erde gegeben. Sie tasteten mit den Händen nach dem Vordermann, hörten ihn atmen. Zweige kratzten an den Händen und im Gesicht. Es war gut, nicht allein zu sein. Die anderen waren dabei. Das Gefühl, sich auf sie verlassen zu können, half durch den verdammten Wald und hielt die Furcht vor dem Ungewissen fern.

Merkwürdige Geräusche kamen aus dem Wald. Nachtgeister, Vögel oder andere Viecher, der Henker mochte es wissen. Der Nadelboden war glatt, manchmal rutschte einer und stolperte, aber keiner fluchte.

Plötzlich lichtete sich der Wald. Die Stämme standen weiter auseinander, man kam leichter durch, brauchte nicht mehr so viel auszuweichen und in Schlangenlinien zu gehen. Noch wurde es nicht heller. Nur der Harzgeruch ließ nach, die drohenden Stämme waren nicht mehr so dicht am Körper, bis sie ganz zurückblieben und es nach Gras zu riechen begann. Der Wald war zu Ende.

Schulz blieb stehen. Sie traten neben ihn.

Jetzt war die Dunkelheit weniger dicht. Der Himmel war zu ahnen, ein ungewisses, ganz schwaches Leuchten über ihnen. Ihre Augen waren dankbar für das bißchen Licht. Und nun sahen sie auch das Haus.

Inmitten der freien Fläche, die von allen Seiten vom drängenden Hochwald eingeschlossen war, stand es als schwarze Schattenburg. Es wirkte größer als bei Tag. Nichts war zu erkennen, keine Fensterläden, keine Tür, nur Mauern, die mit der Finsternis fast verschmolzen. Der Giebel ragte als kleines, dunkles Dreieck gegen den Nachthimmel.

Sie kannten das Haus. Sie hatten es sich angesehen auf einem früheren Ausflug, harmlose Wanderer mit Bierflaschen im Rucksack. Irgendein Ausländer, den nie jemand gesehen hatte, war der Mieter. Die Zentrale kannte das Haus, der Meister kannte es und der Feind.

Schulz faßte nach der Schulter von Fuchs. Er bohrte den Finger zweimal gegen den Erdboden. Der kleine Fuchs nickte. Der Schatten des Bodens verschluckte ihn, er war fort. Ein paar Meter zurück, neben einem mächtigen Stamm, blieb er liegen.

Die drei gingen weiter. Das Gras ließ keinen Laut eines Schrittes mehr durch. Schulz hatte die Lampe in der Tasche. Er brauchte sie nicht mehr.

Das Haus rückte näher.

Sie sahen helle, geschlossene Läden vor den Fenstern. Die Holztreppe war auszumachen, die zum Eingang führte. Nichts rührte sich an den kalten Wänden.

Jeder der drei wußte, wie es im Innern des Hauses aussah. Sie hatten die Pläne genügend studiert, sie hätten sie aus dem Kopf nachzeichnen können. Es war eine große Diele da. Ein Wohnzimmer, eines mit Jagdtrophäen und Kamin, ein Eßzimmer. Drei Kellerräume. Im Obergeschoß ein Schlafzimmer, ein Fremdenzimmer, ein Bad. Ofenheizung, kein fließendes Wasser, nur ein großer Tank im Keller.

Carls hatte den Schlüssel. Er nahm ihn in die Hand, als sie die Treppe erreicht hatten. Schulz blieb stehen und zog den Revolver. Carls ging an ihm vorbei. Schulz hielt ihn am Arm fest. Sie warteten eine Minute, reglos. Schulz ließ los.

Die Treppe knarrte etwas. Altes Holz. Schulz war der zweite, Jakob Hase der letzte. Die Hand von Carls tastete über die Tür, die Klinke. Über das Schloß. Der Schlüssel faßte sofort. Carls drehte den Schlüssel, ziemlich ohne Geräusch, es ging alles glatt. Die Tür öffnete sich einen Spalt. Immer weiter, wieder knarrte es leise. Carls stieß sie ganz auf und überlegte dabei, ob der kleine Fuchs vom Waldrand aus sehen konnte, daß sie am Ziel waren.

Sie traten ein. Hintereinander, wie vorher. Carls und Schulz waren schon in der Diele. Hase schloß die Tür.

Sie hatten keine Zeit, voneinander Abschied zu nehmen. Draußen war die Luft noch einmal in ihre Lungen gedrungen, aber hier roch es dumpf und tödlich, und es war fast das letzte, was sie wahrnahmen.

Der grelle Schein kam von der Kellertreppe her. Ein Kegel mit einem gleißenden Punkt an der Spitze. Dahinter sprühte es rot auf, ein Flammenschwall waagerechter Blitze. Carls war sofort tot. Er hörte keinen Abschuß.

Schulz gab einen Schuß ab und fiel vornüber. Er starb eine Sekunde nach Carls. Der Feigling brachte seine Waffe noch heraus und warf sich hin. Er geriet in den unteren Rand der Garbe, spürte Schläge am Hals, an der Schulter, ein gigantischer Hammer, der ihn zur Seite warf.

Dann verloschen die Blitze. Der weiße Kegel wanderte über drei Körper. Alle drei lagen auf dem Gesicht. Vom Hals des letzten her breitete sich eine dunkle Blutlache aus, langsam, aber recht gleichmäßig.

Eine Stimme sagte: »Fein, Klement. Ich glaube, wir können gehen.«

Zwei Schatten lösten sich von der Wand neben der Kellertreppe. Oben knarrten Stufen. Der dritte Mann kam herunter.

»Komm«, sagte Karel. »Abschließen und weg. Der Lärm war etwas stark, fürchte ich.«

Das Rasseln der Maschinenpistole hatte er gehört, der kleine Fuchs. Es war in seine Ohren gedrungen, in seinen Körper, in sein Herz. Niemand von den dreien hatte eine Maschinenpistole.

Er schnellte neben dem Stamm hoch. Laufen, so schnell es ging und doch leise, er mußte sie erwischen, wenn sie am Haus waren, verfolgen war schwer in der gräßlichen Dunkelheit, und dann mußte er hinein, sehen, was passiert war, es konnte doch nicht sein, so ein höllischer, verfluchter Spuk.

Er kam noch zur rechten Zeit.

Als er die Schatten an der Tür sah, warf er sich hin. Er preßte die Hand an den Mund, hielt den fliegenden Atem zurück. Sie blieben auf dem Treppenabsatz vor der Tür. Er hörte das Schnappen des Schlosses. Sie nahmen sich weniger in acht jetzt. Dann hörte er die Schritte auf der Treppe, sie kamen auf ihn zu, direkt auf ihn zu, wahrscheinlich kannten sie die Schneise und wollten hin.

Der kleine Fuchs blieb am Boden, die Augen zusammengekniffen, er hatte Furcht, daß sie glühten in der Schwärze.

Jaja. Fliegerkombinationen. Fremd und unförmig. Nicht so vertraut wie Carls und Hase und Schulz.

Die drei gingen aufrecht und schnell. Nur der Wald mußte erreicht werden. Nur der Wald.

Es krachte häßlich.

Karel und Stefan sahen den Schatten nicht mehr, der sich vor ihnen erhob. Sie starben so schnell wie Carls und Schulz. Klement sah ihn noch. Aber der kleine Fuchs brauchte nicht zu visieren, er brauchte nichts deutlich zu sehen. Ihm genügte ein Umriß, die Silhouette eines Kopfes, eines Körpers. Sein schwerer Revolver donnerte zweimal durch den Frieden der Nacht. Im Wald erschraken die Tiere und flüchteten.

Klements Faust erreichte den Verschluß seiner Maschinenpistole, aber das reichte nicht zum Schießen. Die Kugeln rissen sein Herz auseinander. Er stand kurz aufrecht. Dann fiel er nach vorn, auf seine Waffe. Der Kolben bohrte sich in seinen Leib. Der Lauf hielt den zusammensackenden Körper wie ein Pfahl.

Dann rollte Klement zur Seite.

Der kleine Fuchs war schon bei ihnen.

Der erste hatte die Schlüssel nicht. Die vielen Taschen, es dauerte endlos. Wie sollte man die Hände beruhigen, die eben noch ruhig gewesen waren? Drinnen lagen seine Freunde. Gib die Schlüssel her, toter Mann, was willst du noch damit, Himmel, Arsch und Zwirn.

Der zweite hatte sie.

Wie bei uns, dachte Fuchs, als er auf das Haus zulief, sie arbeiten wie wir, na klar, alle Geheimdienste der Welt scheinen nach den gleichen Systemen zu arbeiten. Er lud zweimal durch, ließ die Patronen in die Hand fallen, nahm ein neues Magazin. Sechs Schuß waren raus, neue mußten rein.

Dann war er am Haus und schloß auf.

Die Tür flog zurück unter seinem Fußtritt. Er warf sich nach vorn. Seine Ellenbogen schlugen hart auf den Holzboden. Er rollte sich nach links, zweimal um die eigene Achse. Seine Stablampe fuhr grell durch den Raum. Nichts war da außer den drei Körpern.

Er kniete neben Carls und Walter Schulz.

Kein Puls. Nichts mehr. Kein Frühschoppen.

Der kleine Fuchs wollte weinen, aber er vergaß es. Jakob Hase stöhnte.

Er drehte ihn auf den Rücken, heraus aus der Blutlache.

Gott sei Dank. Jakob lebte. Wenigstens einer. Er, Fuchs, war nicht ganz allein in diesem Haus und auf dieser Welt.

Der Feigling hatte drei Einschüsse, alle links oben. Einer durch den Hals, Weichteile, nur die Vene zerfetzt offenbar, nicht die Schlagader. Der zweite saß in der Schulter, der dritte etwas tiefer. Er konnte die Lunge erwischt haben.

Der Kleine holte alle Verbandspäckchen zusammen, seine, die von Jakob, die von den Toten. Sie gaben sie sicher gern. Er knöpfte auf, vorsichtig, wickelte, es schlug durch die Gaze, aber es schien zu versiegen. Der Puls ging schnell und flach, allzuviel hatte das Herz nicht mehr zu pumpen. Noch machte es mit.

Der Feigling blinzelte.

Fuchs klopfte sanft an seine Hüfte. »Wie ist es, alter Sack?«

Hase atmete schwer. Er hustete ein bißchen. Es kam kein Blut zwischen den Lippen heraus. Vielleicht doch nicht die Lunge. Die Stimme des Verwundeten kroch am Boden entlang. »Was ist mit . . . Walter und . . .?«

»Aus.«

»Wo sind die anderen?«

»Bei Lenin.«

Hase schloß die Augen. »Es ist schiefgegangen.«

»Sieht so aus.«

»Es hat uns einer verpfiffen, Füchslein. Ich weiß auch, wer.«

»Red nicht so viel.«

Hase sah ihn wieder an. »Das ist wichtig«, sagte er. »Das war die Barbara. Du mußt sie umbringen. Hörst du? Du mußt.«

»Ich höre«, sagte Fuchs. »Bloß nicht aufregen.«

»Es ist kein Quatsch, Füchslein«, sagte der Feigling mühsam.

»Vorhin, als es losknallte, da wußte ich es. Sie haben sie gestartet auf mich, verstehst du? Vor der Uni, da war sie. Zweimal . . . zweimal hat sie ihr Verzeichnis fallen lassen . . . dann hat sie auf Liebe gemacht . . . hör zu . . . hat mich hochbringen wollen mit dem Heiraten und mit dem Jens in der Kneipe. Du hast es doch gesehen.«

»Ich hab's gesehen.«

»Sie hat in meiner Wohnung rumgeschnüffelt, hat das Kreuz gefunden. Ich Idiot. Ich dummer Idiot.«

»Mach dir nichts draus.«

Der Feigling sprach weiter, als hätte er nichts gehört. »Sie hat rumgeschnüffelt nach euren Telefonnummern, Füchslein. Sie war bei Zahmeis und bei Meise. Der Chef hat es mir gesagt. Dann ist sie wiedergekommen, gleich nach der Keilerei, wieder auf Liebe. Hat wissen wollen, was mit unserem Ausflug ist. Wollte alles rauskriegen aus mir, alles. Ich hatte sie in Verdacht, es kam mir komisch vor, aber der Meister hat es mir ausgeredet, er hat gesagt, sie wäre harmlos, ganz harmlos, er wäre sicher.«

Er sprach schneller, er fürchtete, nicht fertig zu werden.

Fuchs sah ihm scharf ins Gesicht, mit finsteren Augen.

»Er hat sich geirrt, Füchslein. Auch er kann sich irren. Ich weiß es.«

Hase griff nach Fuchsens Hand, es machte ihm Anstrengung, aber er hielt sie fest. Auf seiner Stirn glitzerte Schweiß. »Walter und Sebastian sind tot«, sagte er. »Ich hab' unser Unternehmen aufs Spiel gesetzt, Füchslein. Alles versaut. Alles meine Schuld. Du mußt sie umbringen! Versprich es mir. Ich würde es machen, wenn ich noch könnte. Ich kann nicht. Vielleicht kratze ich auch ab, es wäre gut. Du mußt! Sie darf nicht leben und rumlaufen und lachen über uns. Sie macht so weiter, sie geht zum nächsten. Sie soll nicht, hörst du! Du mußt!«

»Ich mache es«, sagte Fuchs.

Der Feigling atmete tief. Wieder schloß er die Augen. Er ließ die Hand los.

»Ich mach's«, sagte Fuchs.
Die Stimme war ganz leise.
»Verschwinde! Sie schnappen dich sonst hier. Mach es gleich, hörst du! Sag dem Chef nichts! Leg sie um, und dann erzähl ihm, was los war! Dann kann er nichts mehr ändern! Ruf sie an. Vierundachtzig sechsundvierzig elf.«
»Vierundachtzig sechsundvierzig elf.«
Hase nickte. »Sag, sie soll in meine Wohnung kommen. Nimm dir den Schlüssel. Rechts oben, außen.«
Der kleine Fuchs nahm ihn.
»Sag, du müßtest vom Ausflug erzählen. Ich käme später. Sag irgendwas.«
»Ich sag schon was.«
Noch einmal öffneten sich die Augen. »Fein, Siegfried. Sehr fein. Denk an uns. An die beiden hier. An Willy.«
»Ich denke dran.«
»Hau ab!«
»Soll ich dich raufschleppen? Aufs Bett?«
»Nein. Ich will hierbleiben, bei ihnen. Gib mir 'ne Pille.«
Der kleine Fuchs gab ihm zwei von den Tabletten, die sie immer mit hatten im Einsatz. »Ich ruf an, wenn ich drin bin. Laß dich abholen. Penn ein bißchen!«
Der andere antwortete nicht mehr. Er drehte den Kopf zur Seite.
Fuchs strich ihm über die Stirn, strich den Schweiß weg. Er ging hin zu den beiden Toten, berührte ihre Köpfe, so sanft wie er konnte.
Dann war er draußen. Die Tür ließ er unverschlossen. Die Sanitäter mußten rein in die lausige Grabkammer, und lange würde es sowieso nicht dauern und Leute würden auftauchen. Höchste Zeit, zu verschwinden.
Das erste fahle Blau der beginnenden Dämmerung war über den Himmel gespannt. Wenige Stunden noch, dann loderte es über den Toten. Alle Linien waren schon schärfer, und die Dunkelheit gewährte den Rest ihres Schutzes.
Der kleine Fuchs lief schnell. Er mußte zurück, es war noch viel zu tun. Sehr viel.

Die drei Männer lagen nebeneinander im taufeuchten Gras. Man würde sie vermissen zu Hause, aber nur kurze Zeit. Dann würden sie vergessen sein. Sie waren jetzt besser zu erkennen, ihre Fallschirmkombinationen, ihre geschnürten Stiefel. Der kleine Fuchs warf einen flüchtigen Blick über sie, er hielt sich nicht auf.

Er kannte sie nicht, hatte sie niemals gesehen. Er wußte nicht, daß es Stefan und Klement waren, die der Tod vornüber gerissen hatte auf das Gesicht. Karel, der Anführer, lag auf dem Rücken, als wollte er nur kurze Zeit rasten und dann wieder weiter. Der kleine Fuchs konnte nicht sehen, daß sein Gesicht kaum verändert war. Es war friedlich, zufrieden, ohne Hader über das Schicksal, als träumte er im Tod noch vom Sieg seiner Sache.

Jakob Hase erwachte. Er tauchte aus der Unendlichkeit eines schwarzen Schachtes. Wie ein Korken schoß er über die Oberfläche hinaus, und dann war alles hell.

Es war ein Krankenzimmer.

Nicht sehr groß, das Fenster links, die Tür rechts, ein Kreuz dem Bett gegenüber und schräge Sonnenstrahlen. Es war nicht der Himmel, offenbar auch nicht die Hölle, vielleicht ein Mittelding, die Station vor einem von beiden, mit leichtem Geruch nach Dampfheizung und Desinfektion.

Er fühlte das dicke Polster eines Verbandes am Hals und über der Brust. Dann war alles wieder da.

Die dunkle Diele. Dort hatte er gelegen, bevor er weg war. Walter und Sebastian tot. Die anderen auch erledigt. Der kleine Fuchs bei ihm. Und die Gedanken an Barbara, die ihn verraten hatte und sie alle mit.

Das Gefühl der matten Behaglichkeit schwand jäh.

Bärbel.

Vielleicht lebte sie schon nicht mehr. Der Kleine war auf ihrer Spur.

Der Feigling sah zur Decke hinauf. Er schloß die Augen. Die Helligkeit schmerzte. Vorhin, als es noch dunkel war, da war alles klar gewesen, lückenlos. Jetzt kamen Bedenken und Zweifel an dem Gebäude, das er selbst aufgerichtet hatte. Wenn sie es nicht gewesen war? Ein Irrtum?

Bloß nicht daran denken. Es war schlimmer als die Schüsse, schlimmer als der Schmerz.

Er mußte den Meister sprechen. Das war es. Zum erstenmal hatte er auf eigene Faust gehandelt, ohne Auftrag.

Es rächte sich, kaum daß ein Tag vergangen war.

Der Feigling versuchte, den Kopf zu drehen. Nach rechts ging es einigermaßen. Nach links war es schwieriger, es bohrte und brannte im Hals, aber schließlich schaffte er es.

Der Nachttisch stand links. Er war vollständig leer. Kein Glas, keine Blumen. Was für ein Unsinn. Wer sollte ihm schon Blumen bringen?

Er suchte nach einer Klingel. Nichts zu sehen. Schöne Vorbereitung auf das Gefängnis.

Eigentlich war alles in Ordnung. Er lebte. Der Auftrag war erfüllt, trotz allen Mißgeschicks. Nur die verfluchte Unruhe.

Barbara. Der Chef. Fuchs.

Die Tür öffnete sich.

Hase sah das Gesicht einer Schwester. Sie war schon älter, sie blickte streng. Kein Wunder bei seinem Lebenswandel.

»Ausgeschlafen?«

»Schwester«, sagte er. Seine Stimme klang wie die eines Säuglings. »Der wievielte ist heute?«

»Der einunddreißigste Mai«, antwortete sie.

Der Einunddreißigste. Mittwoch. Gestern nacht war es passiert. Noch nicht zu spät.

»Ich muß telefonieren!«

Sie gab keine Antwort, hob nur die Brauen. Die Tür schloß sich wieder.

»Schwester!«

Nichts. Weg war sie.

Was sollte man bloß machen? Aufstehen und raus hier.

Er versuchte, mit dem Oberkörper hochzukommen. Völlig ausgeschlossen. Alles war aus Gummi, nichts hielt, kein Gelenk, kein Muskel.

Dann hörte er Schritte auf dem Flur. Sie kam zurück. Dank dem Himmel.

Es war nicht die Schwester. Ein Mann im weißen Mantel, mit weißen Hosen, das Polohemd am Hals offen. Er hatte einen mächtigen Schädel mit wenigen, unordentlichen Haaren. »Na, mein Lieber? Wie fühlen wir uns?«

Natürlich. Wir uns. Daß das niemals rauszubringen war aus den Ärzten.

»Wie Sie sich fühlen, weiß ich nicht«, sagte der Feigling. »Mir geht's gut. Vielen Dank. Ich möchte telefonieren.«

Der Arzt betrachtete ihn mißbilligend. Schon der zweite heute. »Ich fürchte, das wird nicht gehen. Aber wenn Sie sich wohl genug fühlen zu telefonieren, können Sie vielleicht auch ein paar Fragen beantworten.«

In seiner Stimme war keine Fürsorge. Die waren hart zu einem Blessierten. Oder die Schrammen, die er hatte, waren nicht weiter schlimm. Prima.

»Fragen Sie, Onkel Doktor.«

»Oh, nein, nicht ich. Die Polizei möchte sich mit Ihnen unterhalten.«

Hase lächelte. Es tat weh am Hals. »Bin ich denn vernehmungsfähig?«

»Das sind Sie. Wir haben nur gewartet, bis Sie aufwachen.«

»Ist es schlimm mit mir?«

»Sie haben drei Streifschüsse. Hals, Schulter, Brustweichteile.«

»Keine Kugel im Wanst?«

»Nein. Sie brauchten nur die Wundversorgung und eine Transfusion.«

»Oh, das ist fein. Ich bin nämlich in keiner Kasse.«

Der Arzt zog die Brauen hoch, noch höher als vorher die Schwester. Er ging hinaus.

Ach je, Polizei. Es gab Schlimmeres. Schulz, Carls, Bärbel.

Der Kommissar hielt den Hut in der Hand. Er trug einen blauen Regenmantel mit Gürtel. Er hatte ein nettes Gesicht, mit netten Augen, es machte ihm sichtliche Mühe, ebenso streng auszusehen wie das ärztliche Personal.

Es war keine Zeit zu verlieren.

»Bitte setzen Sie sich, wenn ein Stuhl da ist, Herr Kommissar«, sagte Jakob. »Es muß schnell gehen. Sie wissen, ich kann wieder ohnmächtig werden. Sie wollen hören, was ich getrieben habe in der letzten Nacht. Sie haben mich gefunden in einem Jagdhaus im Wald, abgeschossen. Zwei Tote haben mich bewacht. Draußen auf der Wiese lagen vermutlich noch ein paar. Nicht weit weg, in einer Lichtung, stand ein Wagen. Keiner hatte einen Ausweis bei sich, die Toten nicht, ich nicht. Nur Pistolen und Lampen und Munition. Ja?«

»Ja«, sagte der andere.

»Gut.« Jakob hustete, faßte nach seinem Hals. »Hören Sie. Das wird sich alles aufklären. Alles. Aber wenn Sie mich jetzt nicht telefonieren lassen mit meiner Dienststelle, dann passiert vielleicht noch das richtige Unglück. Holen Sie mir ein Telefon. Sie können zuerst selber sprechen, dann erfahren Sie mehr, als ich Ihnen sagen kann! Machen Sie es, Mann, holen Sie es! Ich muß mit meinem Chef sprechen! Ich muß!«

Der Mann von der Polizei sah ihm prüfend ins Gesicht. Jakob erwiderte flehend seinen Blick. Mein Gott, hoffentlich ist er vernünftig! Hol doch das Ding, der Meister wird dir schon sagen, was los ist.

Der andere nickte, ging fort vom Bett und zur Tür.

Jakob wurde es einen Augenblick schwindlig.

Dann kamen sie zurück. Der Kriminalmensch. Hinter ihm die strenge Schwester. Sie trug einen Apparat mit weißem Gehäuse, herrliches Gebilde, sie stellte es auf den Nachttisch, zog die Schnur lang. Kling. Der Stecker war drin.

Jakob sah den Polizisten an.

»Vielen Dank, Schwester«, sagte der Mann im Trenchcoat. Die Schwester nickte und verschwand.

Der Polizist nahm den Apparat. Er stellte ihn vorsichtig auf Jakobs Brust. Er sagte nichts.

Der Feigling hob den Hörer ab. Seine Finger zitterten.

»Null vorwählen«, sagte der andere.

Jakob wählte die Nummer.

»Hallo.«

Eine Glocke zu Weihnachten. Die Stimme des Meisters.

»Johann Jakob.«

»So? Wird Zeit.« Es war wieder Metall mit Samtüberzug in der Stimme.

»Meisterchen«, sagte Jakob mühsam. »Augenblick. Erst mit der Polizei reden. Hab's versprochen. Er hat mich telefonieren lassen.«

»Wo bist du?«

»Krankenhaus.«

»Gib her!«

Hase sah nach oben in die Augen des Mannes. Die Hand nahm ihm den Hörer weg.

»Kommissar Nogees.«

Ein feiner Bursche. Vernünftig. Kein sturer Hund.

Der Kommissar hatte den Hörer am Ohr. Er sah aus dem Fenster, aber sein Gesicht war gespannt. Jakob hörte die scharfen Worte des Chefs, er verstand sie nicht.

Barbara. Vielleicht hab' ich mich geirrt und kann sie weiter lieben. Aber wenn Fuchs . . .

Der Meister sprach lange. Der Kommissar fragte nichts. Die beiden würden ein gutes Gespann abgeben.

Plötzlich war der Hörer wieder vor seinem Gesicht.

»Sie sollen ran!«

Der Feigling nickte ihm dankbar zu. »Ja?«

»Soll ich erst alles in der Zeitung lesen? Warum ruft keiner an?«

»Die Sache ist geplatzt, Meister. Die anderen waren schon da. Fuchs hat sie erledigt. Walter und Sebastian sind ausgeschieden. Mich haben sie ins Spital geschleift.«

»Wo ist Fuchs?«

Hase umklammerte den Hörer. Der Schweiß lief daran herunter.

»Ich . . . ich hab' gedacht, die . . . kleine Bärbel . . . die wäre von der anderen Fakultät . . . ich hab' den Kleinen hingeschickt . . . er soll sie . . . zu Walter bringen . . . und zu Seb . . .«

»Du bist ein Riesenidiot!« schrie der Meister mit einer

Stimme, wie sie Jakob noch niemals gehört hatte. »Seid ihr engagiert, um zu denken! Wo ist sie?«

»In meiner Wohnung«, sagte Jakob. Vor seinen Augen fielen Schneeflocken, weich, zart, immer dichter. »Er wartet dort auf sie.«

»In deiner Wohnung! Wie habt ihr euch das vorgestellt? Sollen wir sie nachträglich bei uns aufnehmen, wenn sie dort gefunden wird?«

Der Feigling konnte nicht antworten. Es war auch nicht nötig.

»Jakob«, sagte der Meister leise. »Gnade dir Gott, wenn ich das nicht noch ausbügeln kann!«

Er war weg. Alles war weg.

Der Kommissar sah, daß der Verwundete nicht mehr sprach. Der Hörer lag auf der Decke. Das Gesicht war genauso weiß wie der Verband am Hals.

Der Feigling lag ohne Bewußtsein.

Der kleine Fuchs rauchte. Im allgemeinen konnte er nicht klagen über sein Nervensystem. Aber ein bißchen Erholung brauchte er jetzt. Diese Nacht und das, was noch bevorstand . . . Neben ihm, auf dem Schreibtisch von Jakob, klingelte das Telefon. Zum vierten oder fünften Male. Er hob nicht ab.

Diese Wohnung war leer.

Er dachte an Jakob. Hoffentlich war er nicht verblutet da draußen. Ziemlich hohe Verluste. Aber sicher hatte sich die ganze Gegend nach der Schießerei alsbald dort versammelt, und außerdem hatte er von einer Zelle aus das Rote Kreuz alarmiert. Große Augen würden die machen, wenn sie die Bescherung sahen. Und irgendwo saß der Chef und wartete und fluchte und konnte der Zentrale nichts melden. Es war nicht zu ändern.

Das Mädchen.

Es mußte sein. Jakob hatte recht. Nur Barbara konnte die Landpartie verpfiffen haben. Nur sie. Jakob war reingeflogen. Pech, jedem hätte das passieren können, ihm selbst auch. Und Willy war schließlich auch in irgendeine Falle gerannt, Willy, von dem sie es am allerwenigsten gedacht hatten. So war die ganze Geschichte noch einigermaßen erfolgreich gewesen, trotz Walter und Sebastian. Die Herren von der anderen Fakultät lagen auf der Wiese oder schon im Leichenschauhaus, sie konnten nichts mehr tun für ihren Paradiesstaat. Schöne Pleite, wenn sie durchgekommen wären.

Blieb nur das Mädchen. Vielleicht hatte sie gelacht, aber sie würde aufhören, ganz bestimmt würde sie aufhören damit. Er faßte nach dem Messer in seiner Tasche. Es war ein gefährliches Ding. Eine Klinge mit einem glatten Metallgriff, die blitzartig herausschnellte. Er konnte damit umgehen, auf Hautnähe und auf ein paar Meter. Die Knarre hatte er im Mantel, draußen auf dem Flur, sie war zu laut, außerdem konnte das Mädchen sie sehen unter der Achsel. Das Messer war richtig. Mund zuhalten und fertig.

Fuchs sah auf die Uhr. Konnte langsam kommen, die Kleine. Es mußte bald erledigt sein. Das verfluchte Telefon machte ihn kribbelig.

Er merkte, wie müde er war.

Was mochte aus Sebastians Wagen geworden sein? Auch weg wahrscheinlich. Totalschaden. Es war hohe Zeit, daß die ganze Geschichte ein Ende hatte. Man war nicht mehr der Jüngste. Im Krieg muß man jung sein, hatte Walter Schulz immer gesagt. Er hatte es hinter sich, der alte Poet. Krieg! Was sie hier machten, war Krieg, aber ein schmutziger, ohne Orden und Rangabzeichen. Ach, man müßte wieder am Wannsee wohnen können, im Sommer, wenn die Weiden aufs Wasser hingen, sonntags 'ne Weiße schlucken in der Badehose und ohne Sorgen um den nächsten Tag.

Das Telefon läutete. Der Kleine sah es wütend an. Dann merkte er, daß der Ton nicht aus dem Apparat kam. Er kam vom Flur. Fuchs lächelte. Er drückte die Zigarette aus. Er lächelte weiter, während er hinausging, es mußte echt aussehen, fröhlich und etwas verkatert. Junge, Junge, was haben wir für 'n Spaß gehabt.

Barbara stand vor der Tür. Ihr Herz schlug bis zum Hals. Sie wollte noch einmal auf den Knopf drücken. Sie hörte Schritte.

Die Tür ging auf.

Der kleine Fuchs grinste ihr fröhlich entgegen. »Mensch, Mädchen! Ick dachte schon, Sie versetzen mich! Und das beim ersten Rangdewuh!«

»Wo ist Jakob?«

»Nu mal sachte, sachte, Schwesterchen! Erzähl' ick alles der Reihe nach. Erst mal entblättern die Schönheit!«

Er nahm ihr den Mantel ab, stellte sich dabei so, daß er seinen an der Garderobe verdeckte. Sie ging vor ihm her zum Zimmer. Sie trug eine rote Bluse. Günstig. Blut macht so häßliche Flecken. Ihre Taille war schmal, der kleine Fuchs sah ihre Beine, Donnerwetter. Verständlich, daß der alte Hase darauf reingeflogen war. Hatte immer was für Beinchen übriggehabt. Wahrscheinlich hatten sie auch das gewußt, die Vettern auf der anderen Seite.

»Rauchen?«

Sie nickte. Sie saß schon. Na ja. Ging auch im Sitzen.

»Also erst mal 'n Haufen Grüße von Jakob! Det war so: Wir sind in die Jejend kutschiert, irgendwo mang de Berge, ick weeß nich mehr, wie die Milchkanne jeheißen hat. Da war 'n niedlichet Jasthaus mit Landluft und Lederhosenwirt, und da ham wa unsere Zelte uffjerichtet. Ein Bier, sach' ick Ihnen –«

Das Telefon rasselte.

Barbara wollte hoch. Der kleine Fuchs hob die Hände. »Nicht doch, nicht doch! Bloß nich'! Jakob hat extra jesacht, wir soll'n den Kasten klingeln lassen. Sonst hat er jleich wieder wat Jeschäftlichet am Hals – der will doch Ferien machen.«

»Ferien?«

»Na, nu nich gleich so bedeppert aussehen mit dem frischen Jesicht! Ick fahr' ja schon fort. Wo war ick'n – ach ja. Also, det Bier – als hätte der liebe Jott höchteijenhändig det Faß zu unsere Maifeier anjerollt – und denn hatten die Kirschwasser . . . ha' ick noch nie jekostet, solange ick mir selber die Schnürsenkel zuknippeln kann – na, kurzum, et war furchtbar! Furchtbar, sach ick Ihnen! Ick war so blau, det ick im Dunkeln in 'n Kuhfladen jejriffen habe, weil ick dachte, et wär' meine Bakenmütze –«

»Aber Herr Fuchs!« Barbara lachte.

»Ehrlich! Un' wat Walter und der Winkeladvokat war'n, die

ham versucht, 'n Berg zu besteijen. Ach, du lieber Himmel. Erst sin' se nur bis zum Fuße des Berges jestiegen, un' dann sind se doch ruffjekomm', un' dann wollten se runter, aber fragen Se nich, wie –«

Das Messer wog schwer in der Tasche.

»Runterjerollt bis vor de Haustür! Eener hinter 'n anderen! Ick stand unten un' sah se kommen! Konnte jrade noch beiseite springen, da war'n se schon im Misthaufen. Mann, ham die jerochen –«

»Füchslein!« Barbara kam mit dem Gesicht näher zu ihm. »Wann kommt Jakob wieder?«

»Na, Moment, bin ja erst beim Jestank von die beeden!«

Für den Bruchteil eines Gedankens kam auch ihm der Zweifel, der dem Feigling gekommen war. Ach, Quatsch. Eine raffinierte Ziege. Die schmeißt mich nicht aufs Kreuz.

»Also schon, ick wer mir kurz fassen. Also, es wurde eine Sauferei wie in 'n Kosakenkasino. Früh ham wa jedacht, wa wern jestorben! Dem Sebastian is' det Kirschwasser aus 'm linken Ooge jeloofen, un' rechts kam Bier! Er konnte aber ooch wechseln. Un' Walter hat 'n neuet Lied jedichtet: Unser Anwalt flattert uns voran . . .«

Gleich, Walter. Gleich, Sebastian, dachte er. Gleich ist es soweit.

»Dann ham wa 'n Frühschoppen jemacht, wie sich det schickt, ham Friedrich 'ne Karte jeschrieben, damit er übern Verdienstausfall wegkommt – na ja, un' wie wie denn so leicht wieda een in de Brust hatten, da hat der Vorstand beschlossen, janz einfach mit Mehrheit, det se noch een, zwee Tage draußen bleiben wollen – wat saren Se nu?«

»Draußen bleiben?« Sie war furchtbar enttäuscht. »Aber Sie sind doch . . .«

»Ja, leider. Ick konnte nich'. Muß mir um mein Käsejeschäft kümmern. Hab' zwee Kunden bestellt für heute nachmittag. Aber Jakob, der hat mir in de Ohren jelejen, ick soll bloß Ihnen Bescheid saren, nich' nur per Telefon, sondern ick soll Ihn' die Story mit alle Beredsamkeit schildern. Det ha' ick jemacht!«

Er sah stolz aus wie ein kleiner Junge.

Barbara stand auf. Sie mochte ihn nicht besonders, aber sie überwand sich und gab ihm einen leichten Kuß auf die Schläfe.

Er strahlte sie an.

»Un' nu kommt der Clou von't Janze! Wie spät ham wa? Jenau zwölf Uhr dreißig beim Jongschlag! Un' jetzt soll'n Se Jakoben anklingeln!«

»Was? Ich – ihn anrufen?«

»Klar! Zwischen zwölf und eins! Nummer ha' ick! Ran an die Strippe!«

Unglaube stand in ihren Augen. »Ist das wirklich wahr?«

»Ham Se schon mal 'n Fuchs schwindeln sehen? Hier –« er kramte einen Zettel aus der Tasche, »Vorwahl, Nummer, alles da! Nu mal los, sonst ist er wieder blau und vasteht nischt von die jemurmelten Liebesschwüre!« Er grinste wieder ganz fröhlich, als wäre er entzückt, ihr die Freude machen zu können.

Sie zögerte noch, dann ergriff sie rasch den Zettel und drehte sich um zum Telefon.

Fuchs stand mit geschmeidiger Bewegung auf. Seine Hand verschwand in der Tasche. Er fühlte den glatten Stahl des Griffes. Mit einem Schritt stand er hinter Barbara. Er sah unter der roten Seide die Schulterblätter, ganz leicht sprangen sie vor. Links zwischen Schulterblatt und Wirbelsäule, das war die Stelle.

Barbara hob den Hörer hoch. Der kleine Fuchs legte den Daumen um den Knopf am Messergriff. Seine linke Hand pendelte hoch.

Die Flurgocke schrillte. Gellend und unaufhörlich.

Fuchs fuhr zusammen. Eine Sekunde noch blieb er auf den Zehenspitzen stehen. Dann fiel er zurück. Ließ den Arm fallen. Er merkte, daß Barbara ihm ins Gesicht sah.

»Herr Fuchs? Was haben Sie denn?«

»Ich – nichts. Wollte zusehen, ob Sie richtig wählen.«

»Sie sind ja ganz blaß!«

»Tatsächlich? Det muß der Schnaps machen! Ick bin erschrocken. Wat bimmelt der blöde Hund so schauerlich?«

Es klingelte weiter. Sie sahen sich an. Barbara bemerkte Schweiß auf seiner Stirn. Ganz anders sah er aus, nicht mehr wie ein lustiger Berliner Junge.

Jetzt klopfte es draußen an die Tür.

»Sollen wir aufmachen?« fragte sie.

Viele Gedanken hatte er.

Es war eine verdammte Teufelei bei dieser ganzen Geschichte. Nichts klappte, überall kam etwas dazwischen, ein Unstern stand über ihnen allen. Auf einmal sollte man allein entscheiden. Er war allein. Dreißig Sekunden später, und er hätte hier gesessen mit dem toten Mädchen. Und jetzt klopfte einer draußen.

Sollen wir warten? Aufschub?

Sollen wir aufmachen?

»Wird das beste sein.«

Er ließ das Messer los. Barbara lief zur Tür. Das Klopfen unterbrach. Eine Stimme rief: »Fuchs! Fräulein Bärbel? Seid ihr da?«

Ihre Blicke kreuzten sich. Auf einmal sah Fuchs wieder aus wie immer. »Det is doch –«

»Herr Wuck!«

»Auf jeden Fall seine Stimme. Denn wird der Rest ooch draußen sein.«

Barbara war schon auf dem Flur. Sie riß die Tür auf. Das mürrische, abweisende Gesicht mit den unheimlichen Brillengläsern war ihr auf einmal so vertraut, als hätte sie etwas lange Entbehrtes wiedergefunden.

»Fried – Herr Wuck! Das ist schön!«

Sein Gesicht blieb ernst. »Ist der Fuchs da, der Hallodri, der versoffene?«

»Nu drück dir mal bißken jewählter aus! Du bist hier nicht in deine Destille!«

»Kommen Sie, Herr Wuck!« Barbara faßte seine Hand und zog ihn mit. Wucks Blick erfaßte den Kleinen.

Na, alter Bierhahn? Wat führt dich denn in diese Hütte?«

Der Wirt lächelte nicht. »Bist du nüchtern?«

»Et jeht.«

»Wie kommst du hierher?«

Etwas in seinem Ton ließ Barbara aufhorchen. Merkwürdig. Alle waren anders heute.

»Jakob hat mich hergeschickt. Sollte der Bärbel wat bestellen.«

»Was solltest du ihr bestellen?«

Fuchs öffnete die Augen etwas weiter. »Na, daß Jakob noch nicht kommt, der bleibt noch draußen mit den anderen, und . . . ist irgendwas mit ihm?«

Der Wirt nickte langsam. »Ja. Er ist verunglückt. Liegt im Krankenhaus.«

Fuchs nahm die Hand aus der Tasche. Er war so ratlos wie noch niemals in seinem Leben.

»Was?«

Barbara fühlte den Schreck wie einen elektrischen Schlag. Er lähmte sie, sie konnte sich nicht bewegen. Ihr Herz, das sie nie gespürt hatte, schlug kurz und hart, das Blut rauschte in den Ohren, sie hatte es gewußt, immer gewußt, sie hatten also gelogen, Jakob auch, es war kein Ausflug, es war etwas anderes, Furchtbares, der alte Doktor hatte es gesagt. Sie spürte die Blässe auf ihrem Gesicht, die Haut wurde ganz kalt.

»Verunglückt? Aber er war doch . . .«

Wuck war schnell bei ihr, er hielt sie, hatte den Arm um sie gelegt. Sie wäre nicht gefallen, aber es war gut so. »Es ist nicht schlimm, Fräulein Barbara«, sagte er. Seine Stimme war gut und weich. »Gar nicht schlimm. Alles schon repariert. Der ist zäh. Und jetzt verlangt er nach Ihnen.«

Sie konnte kaum sprechen. »Nach mir?«

Er nickte. »Hm. Sie sollen ihn besuchen. Jetzt gleich.« Er hob den Kopf. Seine Stimme wurde rauher. »Und du auch. Sollst uns hinfahren. Und dann sollst du nach Hause und anrufen.«

Er sagte nicht wo, aber der kleine Fuchs wußte es. Er blinzelte, sah auf den Boden, fuhr mit der Hand an den Kragen.

Der Meister.

Anrufen.

Riesengroß war der Fehler gewesen. Er hätte es vorher tun sollen, aber er hatte auf den Feigling gehört. Es war doch alles so klar gewesen, so logisch. War das auch wieder ein verfluchter

Trick, eine Falle, die ihn abhalten sollte von der Vergeltung? Wer war Friedrich Wuck? Kannte er ihn genau? Niemand kannte den anderen genau. Niemandem konnte man vertrauen. Er versuchte zu lächeln. »Na, dann gehen wir? Worauf warten wir noch?«

»Richtig«, sagte der Wirt. »Worauf warten wir?«

Sie verließen die Wohnung in der nächsten Minute.

Der schweigsame Wirt.

Fuchs mit dem Zweifel im Herzen.

Barbara, die nicht wußte, wie nahe sie dem Tod gewesen war.

Als sich die Tür zögernd öffnete, sah der Feigling den Engel. Ein Engel mit einem Faltenrock und einer roten Bluse. Er hatte das süßeste Gesicht von Erde und Himmel zusammen. Eine braune, zart aufgepustete Haarkugel mit rötlichen Reflexen, und zärtliche Augen darunter, die feucht schimmerten. Er sah, wie der Engel erschrak und sich bemühte, es zu verbergen. Eine sehr menschliche Regung für einen Bewohner des Himmels. Seine Seidenwimpern zitterten neben der Stupsnase.

Der Feigling lächelte und streckte die Hand aus. Höllenqualen hatte er ausgestanden, seitdem er erwacht war. Es war zu Ende. Barbara lebte.

Hinter ihr sah er Friedrich Wucks langes, ernstes Gesicht, und dann kam der kleine Fuchs. Barbara starrte mit entsetzten Augen auf den Verband am Hals des Feiglings, aber er zog sie zu sich herunter und küßte sie. »Ist nicht weiter schlimm«, sagte er.

»Keine edlen Teile. Ich muß nur höhere Kragen tragen.«

Sie zitterte etwas in seinem Arm. »Greis!« flüsterte sie.

Er sah über ihre Schulter hinweg in das Gesicht von Fuchs. Der bewegte leicht den Kopf hin und her mit einem Ausdruck völliger Ratlosigkeit.

Jakob nickte, schloß die Augen und wühlte Barbaras Haar durcheinander.

»Na, du alter Depp«, sagte der Wirt rauh und gerührt. »Wie geht dir's denn dann?«

»Herrlich«, sagte Jakob. »Seit einer Minute ganz ausgezeichnet.«

Er küßte Barbara noch einmal. Mit dem Zipfel seiner Bettdecke wischte er zwei Tränen von ihren Wangen. »Es ist untersagt, in Krankenzimmern zu weinen«, sagte er. »Es ist eine heitere, zuversichtliche Miene zur Schau zu tragen, um den Patienten aufzumuntern.«

Zwischen Freude und Weinen wischte sie in ihrem Gesicht herum. Das Make-up geriet durcheinander.

»Geh zum Spiegel! Siehst aus wie ein Indianer!«

Sie küßte ihn auf die Nase. »Ganz egal!«

Fuchs kam von hinten mit einem Stuhl für Barbara. »Na, du machst mir Freude! War gerade bei dir und hab' dem Mädchen von unserer Reise erzählt. Da kommt der an und schleift uns in die Karbolbude hier!«

Wuck sah ihn kurz und durchdringend an. Er sagte nichts.

»Wie is'n det passiert?«

»Jagdunfall. Setz dich, Bärbelchen!«

Fuchs fragte nicht weiter. Barbara strich zart wie eine Feder über Jakobs Stirn. »Hast du Schmerzen?«

»Keine Spur. Als ich die Masern hatte, war's schlimmer.«

Der Wirt verzog sein Gesicht zu einem faltigen Grinsen. »Die Hauptsache ist, du bringst noch Bier durch den Hals!«

»Aber klar. Keinerlei Schwierigkeiten.«

»Na also. Brauchst du irgendwas, Jakob?«

»Nichts. Das Wichtigste hab' ich.«

»Das sieht man.« Wuck blickte mit Wohlwollen auf Barbara. »Dann wollen wir nicht weiter stören. Drei sind zuviel für einen Kranken. Stimmt das, Fuchs?«

»Stimmt.«

»Außerdem mußt du telefonieren.«

Der Kleine nickte vor sich hin.

Hase musterte ihn kurz, sah dann zu Wuck. Er wußte Bescheid, ohne fragen zu müssen. Sie waren es so gewohnt. Der Meister hatte ihn und Fuchs vor dem furchtbaren Irrtum bewahrt. Alles andere war gleichgültig.

Wuck kam zum Bett, gab ihm die Hand. »Wir sehen uns bald,

Jakob. Hier oder an der Theke. Wiedersehen, Fräulein Barbara.«

»Sie lassen mich allein?«

»Sie sind doch nicht allein. Viel Zeit haben Sie sowieso nicht. Dann kommt der Doktor und wirft Sie raus. Da kennen die nichts. Komm, du Galgenvogel!«

»Wiedersehen, Jakob«, sagte der kleine Fuchs. »Beinahe hätten wir uns geirrt. Das wär' ein Ding gewesen!«

»Beinahe«, sagte Jakob. »Trotzdem Dank für alles, Siegfried.«

Fuchs wedelte mit der Hand. An der Tür drehte er sich noch einmal um.

»Der Puls ist am Handgelenk, Fräulein Bärbel!« sagte Wuck.

»Fieber messen ist hinten!« rief Fuchs.

»Raus, ihr Halunken!«

Zwei grinsende Köpfe verschwanden.

Am Bett sagte Bärbel: »Der Stuhl ist so blöd. So hart. Kann ich mich nicht aufs Bett setzen?«

Der Feigling wiegte den Kopf. »Ich weiß nicht, was die Oberschwester dazu sagen wird. Komm aufs Bett!«

Sie kam, war dicht bei ihm. »Tut's wirklich nicht weh?«

»Ach was. Diese Sanitäter wickeln viel mehr drum, als drunter los ist.«

»Du bist ein Schwindler.«

»Natürlich.« Er richtete sich etwas auf, Barbara half ihm. »Wir sind alle Schwindler, Bärbel. Unser ganzer Haufen.«

»Ich weiß. Ich habe es geahnt.«

Er bat sie im Herzen um Verzeihung.

»Deine Ahnung wäre beinahe teuer geworden.«

»Teuer? Wieso?«

Er streichelte ihr Gesicht. »Das ist eine lange Geschichte, Bärbel. Ich erzähle sie dir, wenn alles erledigt ist. Im Augenblick habe ich nicht den Mut dazu. Frag mich nicht.«

»Ich frage nicht, Greis. Nur – geht das immer so weiter? Ich meine – das ist nur eine Wahrscheinlichkeitsrechnung. Diesmal hast du noch Glück gehabt.«

»Irgendeinen Beruf hat jeder.«

»Warum gerade den?«

»Du brauchst dir keine Sorgen zu machen, Kleine. Ich werde bald pensioniert. Wir alle werden pensioniert. Wir sind langsam zu alt für das Gewerbe. Das war unser letzter Ausflug.«

»O fein! Greis –« sie kam mit dem Kopf herunter an seine verbundene Brust, »wenn du gesund bist – dann möchte ich wieder mit zum Frühschoppen – zu euch ins Lokal, zu Fritz – der war so nett zu mir heute – der Fuchs auch, nur in der Wohnung, da war er komisch – ganz unheimlich auf einmal . . .«

Der Feigling hielt sie ganz fest. Er zitterte.

»Aber ich freue mich darauf – auf Walter und auf . . .«

»Er kommt nicht wieder, Bärbel.«

Sie richtete sich auf. Ihre Augen hatten Furcht.

»Nicht? Ist er – nicht da?«

»Er kommt niemals wieder. Carls auch nicht. Niemals.«

»Aber – was –« sie konnte nicht weitersprechen.

»Sie haben nicht so viel Glück gehabt wie ich.«

Barbara dachte an eine scheußliche Zigarre. An einen Mann, der sie schwenkte und dabei klassische Verse sprach. Der sie zuerst beschimpft und den sie dann liebgewonnen hatte.

Walter. Der Anwalt.

›Der Edelmann stirbt entweder, oder er wird hingerichtet! Net wahr?‹

Nun waren sie gestorben.

Sie fing an zu weinen, das Schluchzen schüttelte sie, die Tränen fielen heiß auf die Bettdecke. Der Feigling sagte nichts und tat nichts, er sah sie nur an. Er konnte nicht helfen. Sich nicht und ihr nicht.

Barbara wischte ihre Augen. Die Tränen kamen noch einmal, versiegten langsam. Sie putzte ihre Nase. Dann ging sie zum Spiegel und puderte ihr Gesicht. Jakob erwartete ihre Frage, als sie wieder bei ihm saß. Sie fragte nicht.

»Wir gehen zum Frühschoppen, Bärbel«, sagte er leise. »Sie sind immer bei uns. Und du bleibst immer bei mir – wenn du möchtest. Die Pension wird reichen.«

»Greis!«

»Jaja. Ich hab' mich die ganze Zeit darauf gefreut, deinen Vater anzuschmieren – der wird fluchen, wenn er merkt, daß er in die Sch . . .«

»Greis!«

»Ich meine, daß er danebengetreten ist – woher hab' ich nur immer diese Ausdrücke – wir können es probieren – wenn wir auch keinen Scheidungsanwalt mehr haben . . .«

»Wird sich schon ein anderer finden!«

Der Oberarzt betrat das Zimmer, als sie sich küßten. Sie hörten ihn, aber sie ließen nicht ab voneinander. Der Arzt räusperte sich hinter der vorgehaltenen Hand.

Der Feigling fragte an Barbaras Ohr vorbei: »Gegen wie viele Punkte der Hausordnung wurde verstoßen?«

»Nahezu gegen alle.« Der Chirurg kam heran. Barbara setzte sich aufrecht und sah schuldbewußt aus. »Junge, Junge – Kindchen. Sie wirken ja wie Medizin auf den Mann! Werde Sie auf Retorten abfüllen lassen!«

»Die Kasse wird's nicht zahlen«, sagte Hase.

Der Arzt schmunzelte. »Nun ist aber Schluß! Sein Herz ist noch zu schwach. Wenn er raus ist, können Sie ihn genügend strapazieren.«

»Muß er noch lange bleiben?« Barbara lächelte unheimlich süß. Der Doktor betrachtete sie mit Wohlgefallen.

»Kommt aufs Benehmen an. Außerdem will er nicht essen.«

»Versuchen Sie es mal mit einem Teller Bier. Dann ißt er bestimmt.«

»Um Gottes willen! Die Hausordnung!« rief Hase.

Barbara stand auf. »Wann darf ich wiederkommen?«

»Morgen, meine Dame. Morgen. Soviel ich gehört habe, ist morgen auch noch ein Tag.«

»Wenigstens ein Trost.«

Barbara zog sich an. Die beiden Männer sahen ihr zu. Sie küßte Jakob, bis er nach Luft rang.

»Was ist mit mir?« fragte der Oberarzt.

»Die Hausordnung!«

Von der Tür aus winkte sie. Sie war so schön, daß der Feigling am liebsten aufgestanden und ihr nachgelaufen wäre. Dann war sie fort.

»Zukünftige?« fragte der Arzt.

»Leider.«

»Wieso leider?«

»Naja. Hab' mal gehört, wenn eine Freundin zur Frau befördert wird, ist sie nicht mehr zu gebrauchen.«

»Warum soll es Ihnen besser gehen als mir«, sagte der Doktor und fühlte nach Jakobs Puls.

Der kleine Fuchs hustete. Er hatte den Doppelten hinuntergegossen, auf einmal. Der Wirt gab ihm noch einen, er trank auch den mit einem Zug.

Sie sahen sich an.

»Verdammte Tat.« Fuchs schüttelte sich. Es war nicht nur der Alkohol. »Wenn du nich' jekommen wärst – verdammte Tat!«

»Bedank dich bei eurem Chef«, sagte Wuck. »Er hat mich hingehetzt.«

Fuchs starrte durch das leere Glas. »Der hat wieder mal mehr jewußt als wir. Wie der Kerl det bloß macht.« Er schüttelte sich wieder. »Heilijer Justav. Wenn ick det Mädchen – mit meiner eigenen Knarre hätt' ick mir aus'n Weg räumen müssen. Jib mir noch eenen!«

Der Wirt schenkte ein. »Schau aber jetzt, daß du heimkommst! Ruf an!«

Fuchs nickte. Er trank aus. »Wiedersehen, Friedrich. Danke dir ooch.«

»Wiedersehen.«

Der Kleine gähnte. »Jetzt 'n Bad und 'n Bette! Denn kannste mal eenen röcheln sehen! Servus!«

Der Wirt sah ihm nach, wie er über die Straße ging. Er griff zu dem Bierglas vor sich und trank in kleinen Schlucken, in tiefem Nachdenken.

Fuchs fuhr nach Hause. Er war unendlich müde. Er überdachte die letzten vierundzwanzig Stunden. Viel war geschehen, fast zuviel für einen allein.

Dann spürte er das Messer in seiner Tasche. Verfluchtes Ding. Er konnte es nicht mehr sehen. Es zog und drückte an seinem Körper. Bloß weg damit. Nicht mehr sehen. Nicht mehr anfassen.

Er parkte den Wagen auf dem Platz unweit von seiner Wohnung. Auf dem Weg kam er an einem Papierkorb vorbei, an der Straßenbahnhaltestelle, zwei, drei Gullis, einem Bauplatz mit Gerümpel. Nichts zu machen. Überall waren Leute, Augen. Er kam nicht dazu, das Messer wegzuwerfen.

Die Pistole unter seiner Achsel, das war ein ehrliches Ding. Nicht das Messer. Oben, die Mülltonne. Da gehörte es rein. Er schloß seine Wohnung auf. Der vertraute Geruch beruhigte ihn. Er hängte die Windjacke an den Garderobenständer. Im Spiegel erschien sein unrasiertes Gesicht und sein verwilderter Aufzug. Schlafen. Nichts als schlafen. Nur noch eben anrufen.

Im Zimmer war es still und warm. Er nahm die Pistole aus dem Schulterhalfter. Das Magazin schnappte heraus. Er betrachtete es, wog es in der Hand. Seine Gedanken waren bei den drei Leuten, die er erschossen hatte. Auf welchen Friedhof würden sie kommen? Er legte die Pistole und das Magazin auf den Tisch. Dann ging er mit langsamen Schritten zum Fenster. Frische Luft mußte herein. Seine Hand griff nach dem Riegel.

Eine Stimme hinter ihm sagte: »Nimm die andere Hand auch nach oben, mein Guter!«

Der kleine Fuchs blieb stehen, wie er stand, und regte sich nicht. Auch hier half wieder die lange Übung. Er legte die linke Hand über die rechte auf dem Fensterriegel und wartete.

»Du kannst dich umdrehen«, sagte die Stimme. »Wir kennen uns so gut, nicht wahr? Warum sollen wir uns nicht ins Gesicht sehen?«

Fuchs wandte sich um. Er fragte: »Wie kommst du hier rein?«

»Aber, aber!« Der alte Meise schüttelte tadelnd den Kopf. »Wer wird denn so etwas fragen?«

Er stand neben der Tür. Er war sorgfältig gekleidet, als hätte er etwas Besonderes vor, was einen guten Anzug erforderte. Seine Brillengläser waren stärker heute, sie machten die Augen riesengroß und starr. Mit dem linken Arm stützte er sich auf einen Spazierstock. Die langläufige Pistole in seiner rechten Hand zeigte mit der Mündung auf den oberen Knopf von Fuchs' Jacke.

»Na, so was«, sagte Fuchs.

Er schielte hinüber zu seiner Waffe auf dem Tisch.

Viel zu weit weg. Und das Magazin raus.

War das ein beschissener Tag.

»Seit wann schleifst du solche Dinger mit dir herum? Ich denke, du siehst kaum noch was?«

Der Alte sah bekümmert aus. »Es ist wahr, lieber Freund. Das Augenlicht ist mein großer Kummer. Du glaubst nicht, wie es mir auf der Straße ergeht! Ich verbrauche Armeen von Schutzengeln!«

»Da würde ich eine Armbinde tragen.«

»Wer läßt sich schon gern brandmarken! Aber du stehst immer noch! Verzeih mir! Ich bin unhöflich!« Der lange Lauf winkte leicht. »Dort hinten ist ein Stuhl, Füchslein! Setz dich doch! Du wirst müde sein!«

Der Kleine sah ihn an mit schmalen Augen. Er verstand.

Willy. Ihm war es auch so ergangen.

Er stieß sich ab vom Fensterbrett, ging lässig und ohne Hast zu dem Sessel, auf den der Alte zeigte. Noch weiter weg von seiner Pistole. Weg von der Tür, in die hintere Ecke des Zimmers, wo kein Schutz mehr war. Nur der Vorhang in der Tür zum Abstellraum.

Er setzte sich.

Doktor Meise lächelte. »Ich wußte es doch! Nach so einer anstrengenden Reise!« Er machte ein paar Schritte von der Tür weg, seine Waffe und seine Augen blieben auf Fuchs gerichtet. Er trat hinter den Tisch. Etwa sechs Meter war er jetzt entfernt. Der kleine Fuchs kannte die Dinger mit dem langen Lauf. Auch mit Schalldämpfer schossen sie genau. Es hatte keinen Zweck, etwas zu unternehmen. Nichts hatte mehr Zweck.

Der Alte nahm die Pistole vom Tisch. Er schnupperte an der Mündung, nickte. Wie absichtslos ergriff er das Magazin und schob es in seine Tasche. Er lehnte den Stock an den Tisch, zog einen Stuhl nach vorn, langsam und umständlich. Er setzte sich. Seine Bügelfalten waren untadelig, auch im Sitzen. Er griff an sein Kinn. Uralt war er jetzt, kaum noch von dieser Welt. Was macht's, dachte der kleine Fuchs. Wahrscheinlich lebt er länger als ich.

»Du kannst die Hände hintun, wo du willst«, sagte Meise. »Es war nett von dir, die Pistole hier zu deponieren. Ich habe vorhin deine Wohnung durchsucht, kleiner Fuchs. Nirgends eine andere Waffe. Nur ein paar alte Küchenmesser.«

Das Messer.

Das Messer in der Tasche. Nur nicht daran denken. Der Alte könnte es erraten. Gab doch noch so was wie Gedankenfunk.

»Meine Aussteuer war bescheiden«, sagte Fuchs. »Wolltest du dir eine Stulle schmieren?«

»Oh, nein, danke! Ich habe gegessen. Ich brauche so wenig, so furchtbar wenig. Vielen Dank.« Er zog sein Taschentuch hervor, schneuzte sich umständlich und laut. »Ja . . . weswegen bin ich hergekommen . . . ach, ja . . . weißt du, ich plaudere gern ein bißchen, bevor ich von einem alten Freund Abschied nehmen muß . . . es lindert den Schmerz der Trennung. Ah . . . was geht über ein Gespräch?«

Fuchs wußte es nicht und schwieg.

»Zu meinem Bedauern mußte ich hören, daß Walter und Sebastian tot sind«, fuhr der Alte fort. Seine Stimme war voller Trauer. »Verunglückt. Ist das möglich?«

»Ich hab's auch gehört«, erwiderte der Kleine. »Bin janz ergriffen.«

»Ja. Und dann sollen noch drei andere gestorben sein? Weißt du, woran?«

Fuchs räkelte sich in seinem Sessel. Noch war Zeit dazu. »Nicht genau. Ich glaub', es war nichts Ernstes.«

Es zuckte kurz im Gesicht des Alten. »Hm, hm. Hast du sie erschossen, Füchslein?«

»Hm, hm. Hab' ich sie erschossen?«

»Ich glaube es fast, mein armer Freund. Es wäre besser gewesen, sie hätten dich auch erwischt, nicht nur Walter und Sebastian. Nun muß ich das wieder übernehmen. Ach, es ist so furchtbar, Schüsse auf einen Menschen abgeben zu müssen.«

»Solche wie auf Willy.« Der Kleine sagte es grimmig.

»Ach ja, Willy! Der arme Willy! So sympathisch war er mir. Er stammte aus meiner Heimat, Füchslein, aus dem goldenen Böhmen! Denke dir, Böhmen! Leider stand er auf der falschen Seite! Und eines Tages begann er zu ahnen, auf welcher Seite ich war. Und da mußte ich ihn besuchen.«

Fuchs sagte nichts.

»Und heute muß ich es bei dir tun! Ich wünschte, du könntest mein zerrissenes Herz sehen!«

Vielleicht sehe ich's noch, dachte Fuchs.

»Und Jakob Hase . . . auch ihn werde ich noch beglückwünschen müssen . . . und alles in meinem Alter! Ach, Siegfried, du hast es gut! Bald kannst du schlafen, endlich schlafen! Aber ich, ich muß wach bleiben! So lange bin ich schon hinter euch her! So lange!

Ich wußte, daß eure Zentrale geplant hatte, unsere Freunde abzufangen. Ich wußte natürlich, wann sie kommen würden, Füchslein . . . aber wir wußten nicht, welche von euren Gruppen auf sie angesetzt werden würde . . .«

»Ist es denn die Menschenmöglichkeit«, sagte Fuchs.

»Ja. Mit anderen Worten . . . es mußte herausgefunden werden, welche eurer Gruppen sich aufmachte, sie zu empfangen, wenn sie eintrafen. Wir haben überall Verbindungsleute, Füchslein. Genau wie ihr. Die Geheimdienste sind so phantasielos.«

»Komisch. Bei solchen Mitarbeitern.«

»Ich weiß.« Die alte Stimme klagte. Die Gläser leuchteten in dem faltigen Gesicht. »Aber man hört ja nicht auf mich! Ja. Und in dieser peinlichen Situation kam mir die liebe, kleine Barbara zu Hilfe.«

Er wartete.

Fuchs rührte sich nicht.

»Ach, das gute Kind! Sie könnte aus Böhmen sein, Füchslein! Da haben die Mädchen diese volle Figur, wie reifes Korn auf dem Feld, blühende Gärten sind sie im Land der Liebe. Ich lag im Bett, ich mußte wieder mal krank spielen, ich gebe zu, es fällt mir nicht schwer, es erinnert so köstlich an den Tod. Sie saß vor mir. Ich fühlte mich wie die Hexe im Märchen, die das Blut des irrenden Ritters saugt und mit jedem Tropfen hundert Jahre jünger wird.

Aber das war es nicht allein. Sie hatte die unbeschreibliche Güte, mir zu verraten, wann ihr euren Ausflug macht.«

Fuchs sah den Raubvogelblick. Er blieb ganz ruhig. Er dachte an den Wannsee und die hängenden Weiden.

»Da wußte ich, mein Freund, daß ihr ausersehen seid, in das einsame Haus einzuziehen . . . das einzige, was uns fehlte, denke dir. Ja. Und da habe ich unsere Besucher schnell informiert, sie möchten doch einen Tag früher kommen. Das haben sie getan. Und nun hast du alles verdorben. Alles verdorben!«

»Es ist eine Schande«, sagte Fuchs.

Der lange Lauf bewegte sich. Er pendelte zwischen dem oberen Knopf und dem zweiten.

»Wirklich, Füchslein! Wirklich! Deine Worte sind wahr. So nett hatte die Kleine alles gemacht, so lieb war sie um euch besorgt und um den guten Jakob . . . ich wurde neidisch, als ich sah, wie sehr sie ihn liebte . . .«

Fuchs beugte sich etwas vor. Eine Chance blieb. Eine kleine. Der Bursche war alt. Eine ganz kleine.

»Liebte?«

»Natürlich! Hast du es nicht gewußt? Warst du nicht dabei, beim Friedrich, wie sie zusammen gekommen sind? Das habe sogar ich gesehen . . . mit meinen alten Augen!«

Fuchs sah ganz verblüfft aus. Er war kein Schauspieler, er wußte es, aber was konnte Probieren jetzt noch kosten.

»Ach du stiller Friedhof! Ick hab' jedacht, sie wär' eene von euch!«

Doktor Meise nahm die Brille ab. Seine Augen waren scharf und klar. Er konnte sehen. Und wie er sehen konnte. Seine Stimme war so hart wie sein Blick. »Aber Fuchs! Glaubst du, wir beschäftigen Minderjährige?«

»Na ja, ick dachte . . . wir ham' jedacht, sie hat uns verpfiffen . . . Jakob hat et jesacht . . . ach, du lieber Gott . . .«

Er senkte den Kopf. Seine Hand bedeckte die Augen.

»Was ist?«

»Ich hab' sie umgebracht«, sagte Fuchs tonlos. »Heute morgen. Ich hab' . . . oh.«

Dann lachte der Alte.

Glucksend. Endlos. Schadenfroh. Der Teufel.

»Ach, mein armes Füchslein! Tatsächlich? Nein, nein! Wie sich doch manches von selbst erledigt! Da muß ich immer an Talleyrand denken! Das große Vorbild!«

Fuchs saß ruhig. Er blickte nicht auf. Es konnte klappen. Ein Gramm Glück, und es konnte klappen.

»Weißt du, was er getan hat? Wenn am Abend Probleme sich angestaut hatten, ungeheuer wichtige, Staatsaffären, Weltgeschichte ... er hat sich ins Bett gelegt. Geschlafen! Fest geschlafen! Und wenn er aufwachte, hatte sich fast alles von selbst erledigt. Und den Rest hat er dann übernommen! Ich fühle mich wie er!«

Fuchs hob den Kopf. »Sie war keine von euch?«

»Niemals.«

Fuchs starrte ihn an, hilflos, als hätte er aufgegeben, als wäre nie wieder Widerstand von ihm zu erwarten. »Aber ... unser Boß ...«

Meise sang wieder. »Ach ... euer Boß! Ich finde ihn noch, mein Füchslein. Es ist meine letzte Arbeit. Ich ahne, wer es ist. Und dann kehre ich heim. An den Strand der Moldau, an die goldenen Gewässer Böhmens! Möchtest du mitkommen?«

»Möcht' ick schon.«

Meise sah zur Uhr. »Heute wird es nicht mehr gehen, mein Guter. Heute mußt du anderswohin. Aber eines Tages treffen wir uns.«

»Eines Tages treffen wir uns«, wiederholte Fuchs.

»Sicher. Und nun wirst du auch Willy sehen und Walter. Und euren lieben Anwalt. Was war das für ein feiner Mensch!«

»Was war das für ein feiner Mensch«, wiederholte Fuchs.

Der lange Lauf stand fest, bewegte sich nicht mehr. Nicht mehr viel Zeit.

»Ach, eines noch, Füchslein ... wie hast du das arme Mädchen ermordet? Dein Magazin ist ganz voll.«

Diesmal sackte der Kleine ganz vornüber. Er hielt das Gesicht mit den Händen. Nichts mehr von dem fröhlichen Berliner Jungen war an ihm. »So'n böses Wort«, sagte er. »Erstochen. Hab' gar keine Pille gebraucht. Erstochen!«

Er schluchzte.
Der Alte grinste teuflisch.
»Erstochen?«
»Ja.«
Der kleine Fuchs warf sich nach hinten, gegen die Lehne des Sessels. Er schlug mit dem Stuhl hintenüber, rollte zur Seite wie ein Igel, wie in der vergangenen Nacht.
Plopp. Plopp.
Die zweite Kugel riß das Wattepolster an seiner Schulter auf. Er schnellte hoch aus dem Liegen, kam auf die Knie. Der Vorhang kreischte, riß ab an zwei Ringen. Dann war Fuchs in der Abstellkammer.
Der Alte in seinem Sessel blieb ruhig. Er hob die Pistole, roch genießerisch an der Mündung. Er grinste weiter. Mühsam stand er auf. Das lange Sitzen hatte ihm nicht gutgetan. Steif wurde man und unbeholfen. Er setzte die Brille auf. Dann ergriff er den Stock und stelzte bedächtig auf den pendelnden Vorhang zu.

Der Raum war schmal und lang. An seinem Ende war ein Fenster, ebenso breit wie die Tür. Beide Seitenwände waren durch Vorhänge verdeckt, von gleichem Muster und von gleicher Farbe wie der am Eingang.
Sonst war alles leer. Ein schäbiger Läufer bedeckte den Fußboden. Nur am Ende, auf der linken Seite, kurz vor dem Fenster, da war etwas.
Die Spitzen zweier ungeputzter Schuhe. Sie sahen unter dem Vorhang heraus wie verängstigte Mäuse.
Langsam ging der Alte vorwärts.
Er ging bis zur Höhe der Schuhe. Dann wandte er sich halb um, immer noch bedächtig, immer noch auf den Stock gestützt. Aber er drehte sich nach der falschen Seite. Er blieb stehen, mit dem Rücken gegen die traurigen Schuhspitzen, er achtete nicht auf sie, als wenn sie gar nicht da wären. Langsam hob er die Waffe mit dem langen Lauf, bis sie mit der Mündung den Vorhang berührte und in der Höhe des Magens eines Menschen war.

Noch nie hatte seine Stimme so gesungen. »Ach, mein gutes Füchslein! So schön hättest du im Hellen sterben können! Im Licht der ewigen Sonne! Nun muß es hinter diesem Vorhang sein, in diesem ungemütlichen Zimmer! Ach, Füchslein! Du hast mich enttäuscht! So lange bist du beim Geheimdienst! Daß du noch diesen wohlfeilen Trick benutzt . . . das Wort billig widerstrebt mir . . . man zieht die Schuhe aus, man stellt sie so, daß die Spitzen hervorlugen, man stellt sich auf die andere Seite, wenn zwei Vorhänge sich gegenüberhängen . . . ach, Füchslein! Solche Dinge haben wir vor zwei Menschenaltern auf der Polizeischule schon gelernt . . . ich habe eigens langsam gemacht, um dir zum Ausziehen genügend Zeit zu gönnen . . . leb wohl, mein Freund! Leb wohl!«

Plopp, plopp, plopp. Der Schalldämpfer war gut. Ein blaues Wölkchen stieg von der Mündung auf. Der Vorhang wippte dreimal zurück, wedelte leicht hin und her. Drei kleine Löcher saßen untereinander in dem bunten, verschossenen Stoff. Dann geschah etwas.

Der Vorhang hinter dem Alten beulte sich vor. Es war eine stumpfe Ausbuchtung zuerst, als schlüge jemand mit der Faust von innen dagegen. Sie wurde spitzer, ein steiler, harter Kegel.

Eine Klinge schoß heraus.

Durch das Gewebe, durch den teuren Anzugsstoff des alten Doktor Meise.

Der Vorhang riß ab. Er fiel herunter. Das Messer im Rücken des Doktors hielt ihn in halber Höhe.

Meise stand noch ganz aufrecht. Er straffte sich ein bißchen. Es sah fast aus, als wäre er jünger geworden.

Er sagte mit klarer Stimme: »Donnerwetter, Füchslein! Donnerwetter! Das hätte ich . . . nicht gedacht! Wirklich . . . nicht!«

Dann brach er zusammen.

Der kleine Fuchs trat einen Schritt vor. Jetzt war er wirklich bleich. Alle Müdigkeit der letzten Nacht drängte sich in sein Gesicht.

»Hast schon recht jehabt, alter Mann«, sagte er leise. »Det ham wa jelernt, als wa noch kleen war'n.«

Es tat so wohl, berlinern zu können. Man wurde nicht gehänselt wegen des Dialekts.

»Detwejen ha' ick die Latschen eben nich' ausjezogen. Ick bin so stehenjeblieben, wie ick jestanden hab'. Nu haste dir jeirrt. Hast nach de falsche Richtung jeschossen. Mensch, wat wird der Hauswirt saren zu die Wand.«

Er bückte sich. Er zog den Vorhang ganz über den Körper des Alten. Das matte Messing der Ringe war traurig, und der Stoff sah aus, als wäre er nie zu etwas anderem bestimmt gewesen als zu Leichentuch. Nur der helle Griff des Messers ragte darüber.

Der Kleine sah es an.

Das Messer, mit dem er Barbara erstechen wollte. Ein Segen, daß er es nicht getan hatte. Ein Segen, daß er das Messer nicht weggeworfen hatte.

Willy, dachte er.

Nu is' jut.

Er wischte sich über den Mund. Dann ging er zurück ins Zimmer, dorthin, wo das Telefon war.

Er zog seine Jacke aus und hängte sie über den Stuhl. Das Schulterhalfter schnallte er ab. Endlich war man die Riemen los. Er glaubte nicht, daß noch jemand kommen würde. Es sah so aus, als wäre die Arbeit getan. Er setzte sich und wählte. Die Stimme meldete sich. Es war so tröstlich, daß er immer da war. Als riefe man den eigenen Papa an, wenn man um Vorschuß bitten wollte.

»Fuchs?«

»Hallo, Meister. Keenen Anschiß, wenn's jeht. Bin 'n bißken anjegriffen.«

»Das kann ich mir denken.«

»Ja. Vielen Dank ooch, daß du den Friedrich jeschickt hast. Sonst wär' Jakob seine Zimmerlinde jetzt kalt. Und ick ooch.«

»Glück gehabt, Füchslein.«

»Kann man wohl vor sich hinmurmeln. Fast zuviel auf einmal. Erst draußen im Wald mit den drei Pilgern. Denn bei dem Mädchen. Und jetzt eben. Dreimal hätt' ick schon tot sein müssen.«

»Dreimal?«

»Hm. An Stelle von Bärbelchen ha' ick jemand anders umjelegt. Unseren lieben alten Onkel. Er liegt in meine Abstellkammer. Uff de linke Seite is er'n bißchen schwerer. Da steckt mein Taschenmesser.«

Von drüben kam ein ganz leiser Pfiff, und es war das erste Mal, daß der kleine Fuchs so etwas vom Meister hörte. War er auch mal sprachlos?

»Sieh einer an! Der alte, blinde Indianer! Erzählen!«

Fuchs erzählte von der letzten halben Stunde. Es ging schnell.

»Prima, mein Lieber! Prima. Hast alles wieder rausgerissen. Und mir noch 'ne Arbeit abgenommen. Und die Sache mit den Schuhen hinterm Vorhang . . . alle Achtung! Ich werde es der Zentrale erzählen. Was machst du da?«

»Ick ha' mir eben selbst uff de Schulter jekloppt, Meister.«

»Das darfst du auch. In jeden Apparat sickern feindliche Brüder ein. Ganz klar, daß es auch bei uns passieren würde. Wir wußten, daß einer in unserem Klub herumspukte. Nacheinander hatte ich euch alle in Verdacht. Manchmal sogar mich selber. An den Alten hab' ich nicht gedacht im Anfang . . . eben, weil er so alt war. Und den guten Willy hatte ich beauftragt, sich besonders um die Sache zu kümmern. Er muß dem Alten auf die Schliche gekommen sein, aber der hat es gespannt und ihn kurzerhand erledigt . . . bißchen geplaudert sozusagen.«

Der Kleine nickte mit grimmigem Gesicht. »Wollt' er bei mir ooch machen. Hat sich ausjeplaudert.«

»Dann kam ich langsam dahinter. War mal in seiner Wohnung. Da hängt ein schönes Bild von der Goldenen Stadt Prag. Die Zentrale hat sich darum gekümmert und einiges gefunden, was gegen den armen alten Privatgelehrten sprach. So privat war er gar nicht. Er war aus Böhmen, erst war er Österreicher, dann Tscheche, und dann ist er bei uns aufgetaucht. Aber das war alles furchtbar lange her, fast nicht mehr wahr, hat immer so ausgesehen, als wäre er seit fünfzig Jahren im Ruhestand. So kann man reinfliegen mit älteren Herren. Hat ihm aber schließlich alles nicht geholfen. Und den Rest hat ihm gegeben, daß er die Bärbel eingespannt hat, um rauszukriegen, wann ihr euren

Ausflug macht. Jakob hat es ihr erzählt, hat sich nichts dabei gedacht. Sie hat Angst gehabt und es dem alten Meise erzählt. Und deswegen sind Walter und Sebastian draufgegangen.«

»Es ist zum Kotzen«, sagte der Kleine.

»Das ist es. Es klappt eben nicht immer alles, wie es sollte, und eine Lebensversicherung ist unser Verein nicht, das weißt du. Als ich hörte, daß sie dem Alten vom Ausflug erzählt hatte, da ahnte ich böse Zeiten voraus, aber es war nichts mehr zu ändern, die Sache lief. Dann kamen keine Nachrichten, da wurde mir noch finsterer zumute. Gottlob hat Jakob angerufen, von seinem Schmerzenslager aus, soviel Grips hatte er noch. Völlig klar, daß nur der Alte in Betracht kam. Ich war schon dabei, mich um ihn zu kümmern . . .«

»Wollte er bei dir auch tun. Sagte, er ahnte etwas.«

»Kann schon sein. Blöd war er nicht. Aber ich wußte es. Deswegen habe ich auch Friedrich gesagt, daß du dich schleunigst nach Hause scheren solltest und mich anrufen.«

»Hiermit jeschehen, Meister. Aber platt bin ick doch. Und Jakob hat an Bärbelchens Verpfiff jegloobt wie ein Heilpraktiker an seine Knoblauchpillen.«

»Ach was. Ganz harmloses Wesen. Was die Spionage und den Geheimdienst betrifft, meine ich. Sonst scheint sie Härchen auf den Zähnen zu haben.«

»Jakob wird's schon merken. Sie sitzt bei ihm uff't Bette und spielt Schwitzehändchen.«

»Na, das wird ihm guttun. Ich hab' sie mir von Anfang an betrachtet. Mädchen sind immer gefährlich.«

»Wer Pech hat, dem explodiert der eigene Rejenschirm.«

»Ja. Aber es war nichts mit ihr. Sie hat mich mal besucht. Ich saß in meiner Burg und sah sie kommen übern Hof. Hab' ihr einen niedlichen Zauber vorgemacht, hat unheimlichen Spaß gebracht. Sie ging ziemlich erschüttert weg. Aber alles, was sie sagte, sprach für ihr unschuldiges Gemüt.«

Der kleine Fuchs gähnte.

»Bist du müde?«

»Ick möchte sagen, ick bin nich' gerade Armin Hary vorm Start. War 'n bißken viel für meine Größe.«

»Das weiß ich, Füchslein. Ihr habt alle prima gearbeitet. Unser Einsatz ist zu Ende. Die Pilger sind erledigt. Ihr Verbindungsmann fehlt jetzt auch, und es ist saumäßig schwer, einen neuen einzuführen. Wird lange dauern, bis sie sich von der Pleite erholt haben. Ihr habt euren Ruhestand verdient. Unser Verein wird aufgelöst.«

»Keene Arbeit mehr?«

»Keine. Nur in Krisenzeiten, da kann es sein, daß sie euch wieder unter die unsichtbare Fahne rufen.«

Der Kleine seufzte in den Hörer. »Muß an Walter und unseren Kronanwalt denken. Die hätten jerne als Rentner weiterjesoffen.«

»Ich weiß. Tut mir auch leid. Aber der Auftrag war die Hauptsache. Du kannst dich aufs Land zurückziehen. Der Jakob hat seine Studentin, da hat er genug zu tun.«

»Studieren.«

»Ganz stark.«

Fuchs räusperte sich. »Chef . . . was wird 'n aus dem Herrn in meine Kleiderkammer? Mit der Zeit wird er zerloofen?«

»Das mach' ich. Wird von der Zentrale erledigt. Paar unscheinbare Krankenträger werden ihn abholen. Sei nett zu ihnen.«

»Ick jeb' jeden 'ne Zigarette.«

»Tu das. Den Alten vermißt niemand . . . höchstens ein paar Herren bei einem Pilsner.«

Die Leitung blieb still für einen Augenblick.

»Meister«, fragte der Kleine leise. »Entschuldige, wenn ick meine Neese in deine Sorjen stecke . . . was machst du?«

»Ich kriege auch Ferien, Füchslein. Aber später werde ich wohl wieder was übernehmen müssen. Hab's nicht so gut wie ihr.«

»Ha' ick mir jedacht. Führungskräfte sind knapp.« Er räusperte sich wieder. »Ick wollte nur saren . . . vielen Dank für alles, Chef. Hast dich um uns jekümmert wie 'n Pfarrer um seine Jemeinde. Um mich ooch.«

»Bin dafür bezahlt worden.«

»Trotzdem . . . mancher wird bezahlt und tut nischt. Es . . . es war 'ne dufte Sache, mit dir zu arbeeten . . . wollt' ick nur saren.«

»Auch mit euch, Fuchserich. Glaube nicht, daß ich so eine Mannschaft wieder zusammenkriege.«

Er schwieg weiter. Der kleine Fuchs lauschte, es war ein bißchen salzig in der Kehle, es war Papa, von dem man Abschied nehmen mußte.

Der Meister wußte das auch.

»Kopf hoch, wer noch einen hat, Kleiner! Laß es dir gutgehen. Mein Anschluß hier funktioniert noch drei Tage. Dann verschwindet er. Die Zentrale kriegt deine Adresse. Wenn was ist, melden wir uns. Sollte mich freuen.«

»Mich auch«, sagte Fuchs. Dann hörte er nichts mehr, aber er hielt den Hörer noch lange.

Der Mann am anderen Ende war allein.

Er lächelte, als er auflegte. Er sah aus dem Fenster, hinunter auf den Hof, den er so genau kannte.

Es war gut, daß Schluß war. Es hatte Leute gekostet, Kameraden, die nicht zu ersetzen waren. Ihre Funktion, die vielleicht. Nicht sie selbst.

Und Nerven. Mehr als alles andere.

Er schob mit langsamen Bewegungen den zweiten Apparat in das Fach des Schreibtisches zurück. So oft hatte er telefoniert damit. Geschäftsgespräche? Parfümhandel?

Was ging ihn das Parfüm an. Er konnte das Zeug nicht mehr riechen. Den ganzen Laden konnte er nicht mehr sehen.

Er stand auf. Der Kühlschrank schnurrte leise. Er holte sich zwei Flaschen Bier. Kognak war noch da.

Er trank ein halbes Wasserglas voll Kognak, langsam, behaglich, es tat ihm nichts.

Er lehnte sich in seinen Sessel zurück und dachte an das Lokal, an den Frühschoppen, an alles, was er gesehen und erlebt hatte. Seine Leute. Ihre Reden und Sprüche. Er trank und hatte Sehnsucht nach ihnen, nach der verwitterten Theke und den Gläsern, die niemals blinkten.

Zahmeis lächelte vor sich hin.

Er griff hinter sich in das Regal nach einem der Bücher. Eine Napoleonbiographie, eine von den vielen, die er besaß. Er schlug auf, blätterte in den Seiten, trank Bier, immer noch lächelnd.

Dann las er von der Schlacht des Kaisers bei Austerlitz und von seinem Sieg.